A CASA
DO MORRO
BRANCO

A CASA DO MORRO BRANCO
E OUTRAS HISTÓRIAS

RACHEL DE QUEIROZ

5ª edição

JO JOSÉ OLYMPIO
Rio de Janeiro
2025

© *Herdeiros Rachel de Queiroz, 1999*

Imagem de capa: Tarsila do Amaral, *O touro (Paisagem com touro)*, c. 1925, óleo sobre tela, 50,3 x 65,1 cm. Coleção Roberto Marinho | Instituto Casa Roberto Marinho. Foto: Pedro Oswaldo Cruz

---

CIP-BRASIL. CATALOGAÇÃO NA PUBLICAÇÃO
SINDICATO NACIONAL DOS EDITORES DE LIVROS, RJ

Q47c
5. ed.
Queiroz, Rachel de, 1910-2003
A casa do morro branco : e outras histórias / Rachel de Queiroz. - 5. ed. - Rio de Janeiro : José Olympio, 2025.
21 cm.

ISBN 978-65-5847-188-2

1. Contos brasileiros. 2. Crônicas brasileiras. I. Título.

24-95133

CDD: 869.8
CDU: 82-34(81)

Gabriela Faray Ferreira Lopes – Bibliotecária – CRB-7/6643

Texto revisado segundo o Acordo Ortográfico da Língua Portuguesa de 1990.

Todos os direitos reservados. Proibida a reprodução, o armazenamento ou a transmissão de partes deste livro, através de quaisquer meios, sem prévia autorização por escrito.

Reservam-se os direitos desta edição à
EDITORA JOSÉ OLYMPIO LTDA.
Rua Argentina, 171 – 3º andar – São Cristóvão
20921-380 – Rio de Janeiro, RJ
Tel.: (21) 2585-2000.

Seja um leitor preferencial Record.
Cadastre-se no site www.record.com.br
e receba informações sobre nossos lançamentos e nossas promoções.

Atendimento e venda direta ao leitor:
sac@record.com.br

Impresso no Brasil
2025

Sumário

Sobre a autora	9
Nota da editora	11
Ma-Hôre	13
Natal no Paraguai	27
A casa do Morro Branco	35
Cremilda e o fantasma (folhetim em quatro capítulos)	51
Isabel	69
O jogador de sinuca	77
Tangerine-Girl	83
A presença do Leviatã	93
O telefone	99

Sobre a autora

RACHEL DE QUEIROZ nasceu em 17 de novembro de 1910, em Fortaleza, Ceará. Ainda não havia completado 20 anos, em 1930, quando publicou *O Quinze*, seu primeiro romance. Mas tal era a força de seu talento que o livro despertou imediata atenção da crítica. Dez anos depois, lançou *João Miguel*, ao qual se seguiram: *Caminho de pedras* (1937), *As três Marias* (1939), *Dôra, Doralina* (1975), e não parou mais. Em 1992, publicou o romance *Memorial de Maria Moura*, um grande sucesso editorial.

Rachel dedicou-se ao jornalismo, atividade que sempre exerceu paralelamente à sua produção literária.

Cronista primorosa, tem vários livros publicados. No teatro escreveu *Lampião* e *A beata Maria do Egito* e, na literatura infantil, lançou *O menino mágico* e *Memórias de menina* (ambos ilustrados por Mayara Lista), *Cafute e Pena-de-prata* (ilustrado por Ziraldo) e *Xerimbabo* (ilustrado por Graça Lima), que encantaram a imaginação de nossas crianças.

Em 1931, mudou-se para o Rio de Janeiro, mas nunca deixou de passar parte do ano em sua fazenda "Não me Deixes", no Quixadá, agreste sertão cearense, que ela tanto exalta e que está tão presente em toda a sua obra.

Uma obra que gira em torno de temas e problemas nordestinos, figuras humanas, dramas sociais, episódios ou aspectos do cotidiano carioca. Entre o Nordeste e o Rio, construiu seu universo ficcional ao longo de mais de meio século de fidelidade à sua vocação.

O que caracteriza a criação de Rachel na crônica ou no romance — sempre — é a agudeza da observação psicológica e a perspectiva social. Nasceu narradora. Nasceu para contar histórias. E que são as suas crônicas a não ser pequenas histórias, narrativas, núcleos ou embriões de romances?

Seu estilo flui com a naturalidade do essencial. Rachel se integra na vertente do verismo realista, que se alimenta de realidades concretas, nítidas. O sertão nordestino, com a seca, o cangaço, o fanatismo e o beato, mais o Rio da pequena burguesia, eis o mundo de nossa Rachel. Um estilo despojado, depurado, de inesquecível força dramática.

Primeira escritora a integrar a Academia Brasileira de Letras (1977), Rachel de Queiroz faleceu no Rio de Janeiro, aos 92 anos, em 4 de novembro de 2003.

Nota da editora

Publicada em 1999 pela Siciliano e em 2008 por esta casa, originalmente com 14 narrativas, *A casa do Morro Branco e outras histórias* retorna orgulhosamente ao nosso catálogo.

Editora José Olympio
Março de 2025

Ma-Hôre

FOI NUM DIA DE SOL, daqui a muitos anos. Ma-Hôre, o homúnculo, meio escondido atrás de um tufo de algas, espiava o navio espacial que boiava no mar tranquilo, como uma bala de prata. Em torno do nariz da nave quatro gigantes se afadigavam, vaporizando soldas, rebatendo emendas, respirando com força pelos *aqualungs* que traziam às costas. Era a terceira daquelas naves que vinha pousar em Talôi, para espanto e temor dos aborígenes. Os homens da primeira haviam partido, logo depois de pousados, sem tentativa de aproximação. Os da segunda desembarcaram, fizeram gestos de amizade para grupos de nativos que os espiavam de longe e, ao partir, deixaram presentes em terra — livros, instrumentos de ver ao longe e outros, de utilidade ignorada. Esses presentes, todos de tamanho desproporcional à raça dos Zita-Nura, foram levados para o museu, arrastados como carcaças de bichos pré-históricos. E agora a terceira nave viera boiar longe, em mar despovoado, a consertar avarias.

Por acaso, Ma-Hôre a descobrira, a relampejar toda prateada, ao sol. Vencendo o medo, nadou até mais perto: do lado esquerdo da nave não se via nenhum gigante, só uma imensa escotilha aberta, quase ao nível da onda. Tremendo de excitação, Ma-Hôre nadou mais, até poder tocar com a mão o corpo metálico do engenho: teria alguma defesa elétrica? Não, não tinha. A borda redonda da escotilha ficava ao alto, mas dava para alcançá-la com o braço erguido: içou-se até lá, espiou dentro, não viu ninguém.

Era tentação demais; Ma-Hôre não resistiu, ergueu mais o corpo na crista de uma marola, escalou o que para ele era o alto muro da escotilha e, num salto rápido, já estava no interior da nave desconhecida, a água a lhe escorrer do cabelo metálico pelo corpo liso.

Tudo lá dentro era feito na escala dos gigantes; a cabine parecia imensa aos olhos do pequeno humanoide. Mas ouvindo um ruído familiar, vindo de fora, ele correu a debruçar-se à escotilha: lá embaixo, na água, o golfinho da sua montaria erguia o focinho para o alto e silvava inquieto, a chamar o dono; Ma-Hôre debruçou-se mais, estendeu o braço curto, fez-lhe festas na cabeça maciça, depois o despediu com algumas palavras da sua branda linguagem aglutinante. O golfinho hesitou, mergulhou, emergiu e afinal se afastou, num nado vagaroso, a mergulhar e a aflorar, a virar-se constantemente para trás. Porém Ma-Hôre não esperou que ele sumisse, no seu intenso desejo de ver "aquilo" por dentro. Os enormes assentos estofados; as vigias de cristal grosso, lá em cima; o painel de instrumentos que parecia tomar e encher toda a parede... De repente sentiu que parara o ruído dos instrumentos a operar no casco externo e escutou o trovejo das vozes dos gigantes que se aproximava. Tomado de pânico, o homúnculo ia fugir para a água quando viu surgir à boca da escotilha uma das cabeças avermelhadas, logo seguida das outras três. Era tarde. Correu a se esconder sob um dos assentos. Tremia de medo; que lhe fariam os astronautas gigantes se o apanhassem espionando a sua nave?

Os homens pareciam exaustos, depois das longas horas passadas a remendar o casco avariado por um bólido. E, para aumentar o terror de Ma-Hôre, a primeira providência que tomaram foi rapidamente fechar as duas portas da escotilha. Logo puseram a funcionar a aparelhagem de ar-condicionado, restabelecendo o ambiente terrestre dentro da nave. Ma-Hôre se encolhia todo, sempre acocorado sob o estofo da poltrona. Preso, estava preso com as estranhas criaturas de rosto róseo e cabelo descorado, uma das quais tinha uma eriçada barba vermelha a lhe descer pelo pescoço. Já não se serviam mais dos *aqualungs*. Que bichos estranhos! E quando falavam, com suas vozes ásperas, os tímpanos do homúnculo retiniam.

Passados alguns minutos, Ma-Hôre, ainda escondido, começou a sentir-se mal. Dava-lhe uma tontura, parecia que estava bêbedo, que tomara uma dose grande demais de malê, a sua aguardente predileta, feita de amoras do mar... e quanto mais o ambiente se oxigenava, mais o pequeno visitante sentia a sua ebriedade se agravar. Agora o atacava uma irresistível vontade de rir, uma alegria irresponsável. Perdeu o medo dos gigantes, pôs-se a cantar; e afinal, roubado de todo o controle, saiu do esconderijo, rebentando de riso, rodopiando pelo tapete, a agitar os braços, dança que lembrava a dos pequenos diabos verdes que atormentam os Zira-Nura nas horas de furacão.

O ruído insólito despertou os astronautas do seu torpor de fadiga. Cuidaram primeiro que era o alto-falante com alguma transmissão extemporânea. Mas deram com os olhos no pequeno humanoide, a dançar e a rir, sacudindo a juba preta. Mitia, o caçula dos tripulantes e ainda um pouco criançola, disparou também numa gargalhada, contagiado, e tentou colher do tapete o anão intruso. Porém Ma-Hôre conseguiu fugir da mão enorme, que evidentemente receava machucá-lo, e continuou dançando e gargalhando. O navegador, Virubov, ajoelhou-se no chão para o ver de mais perto:

— Não disse que esses aborígenes eram anfíbios, comandante? Olhe os pés de pato!

Mitia observou:

— E como é pequenino! Será uma criança?

Os outros também vieram se ajoelhar em torno, a contemplar o visitante, que prosseguia no seu insano sapateado. De estatura não teria dois palmos. Os pés nus, de dedos interligados por membranas, os braços curtos semelhantes a nadadeiras, terminados por mão de pelo de lontra, confirmavam a sua condição de anfíbio.

16

A pele do corpo era de um grão mais grosso que a dos homens, lisa e cor de marfim. Os olhos enviesados, de cor indefinida, a boca larga, o nariz curto, pequenas orelhas redondas que a juba quase escondia.

— Não, é pequeno, mas evidentemente se trata de um adulto — observou o comandante. — Que é que ele tem? Será louco?

O copiloto, que também era o médico da equipe, entendera o fenômeno:

— Não, ele está bêbedo com o nosso ar. Como a atmosfera deles é muito rarefeita, a nossa lhes faz o efeito de um gás hilariante. Vamos dar um jeito, senão ele morre intoxicado.

Mitia teve uma ideia: abriu a porta externa da escotilha, fechou a interna, até que a pequena câmara entre as duas portas se enchesse da atmosfera do planeta a que os terrestres davam o número de série de *W-65*. Depois Mitia fechou a porta externa e carregou o homúnculo, já meio desmaiado, para o compartimento estanque que se enchera com o seu ar natural. Ma-Hôre respirou fundo, como um quase afogado posto em terra. Rapidamente se refez; dentro em pouco já se sentava, olhava em torno, e logo correu à porta externa: mas nem sequer alcançava a roda metálica que manobrava a escotilha. Pelo vidro que os separava da câmara de entrada os tripulantes espiavam o seu clandestino. O comandante gostaria de o levar para a Terra — mas, além de ser impossível mantê-lo todo o tempo ali, que fariam quando se esgotasse a provisão de ar apanhada em *W-65*?

Akim Ilitch, o médico, se propôs então a fabricar um pequeno *aqualung* para o hóspede. E quanto ao ar — a segunda expedição que estivera ali levara uma amostra da atmosfera de *W-65*; eles tinham a fórmula. Seria fácil preparar uma dosagem idêntica, encher o balão do *aqualung...*

Ma-Hôre, ante a impossibilidade de fugir, encostava ao vidro divisório o seu rosto súplice, fazia gestos implorativos, articulava pedidos que ninguém podia escutar.

Mitia pegou num papel, desenhou a figura de um homúnculo com um *aqualung* às costas e o mostrou ao visitante, através da vidraça; em seguida, apontou para Akim Ilitch, que já adaptava um pedaço de tubo plástico a um pequeno balão metálico e que depois o foi encher nas torneiras de ar armazenado, regulando cuidadosamente as dosagens, com o olho na agulha dos dials. Ma-Hôre pareceu compreender — mostrou-se mais calmo. Daí a pouco, Akim Ilitch abriu a porta e lhe ajustou às costas e ao nariz o improvisado aparelho respiratório. O homenzinho imediatamente lhe percebeu a utilidade e em breve circulava pela nave, amigável, curioso; por fim tirou do bolso do seu traje de pele de peixe um toco de grafite e puxou sobre a mesa do navegador uma folha de papel. Mostrava para o desenho mais habilidade que Mitia e, com traços rápidos, desenhou a nave, a escotilha aberta; sobre essa escotilha desenhou a si mesmo, na atitude clássica do mergulhador, a pular para a água lá embaixo. Pedia para ir embora, é claro.

Mas o comandante, fazendo que não entendia a súplica desenhada de Ma-Hôre, deu algumas ordens rápidas aos tripulantes. Cada um ocupou o seu posto; antes, porém, instalaram o pequeno hóspede, que esperneava recalcitrante, num assento improvisado com algumas almofadas. Sobre elas o ataram, embora Mitia, para tranquilizar um pouco o apavorado Ma-Hôre, lhe demonstrasse que eles também se prendiam com o cinto dos assentos — que a medida era de segurança, não de violência. Dando provas da compreensão rápida que já mostrara antes, o Zira-Nura conformou-se. Ademais, o estrondo da partida, a terrível aceleração, o puseram a nocaute. Quando voltou a si, viu que a nave marchava serena como um astro e que Akim Ilitch lhe ajeitava, solícito, o conduto de ar do *aqualung*. Verificou também que estava solto. Em redor, os outros sorriam. E o comandante, segurando-o pelo pescoço como um cachorrinho, o pôs de pé sobre a mesa e o apontou para a vigia: no vasto céu escuro, um globo luminoso parecia fugir velozmente. O comandante apontou para o globo, falou algumas palavras e desenhou uns símbolos no papel. Escreveu a sigla *W-65*, e Ma-Hôre, embora não pudesse ler aquilo, tinha entendido. Porque, voltando-se para o astronauta, com um ar de profunda mágoa, perguntou num murmúrio:

— Talôi?

Os outros é que não o entenderam e o fixaram, interrogativos. Aí Ma-Hôre puxou o seu bastão de grafite e riscou nuns poucos traços uma paisagem de mar e terra, povoada de homúnculos à sua imagem. Mostrou-a aos outros repetindo: "Talôi." Depois apontou o globo luminoso:

— Talôi?

O comandante entendeu que aquele era o nome nativo de W-65. E gravemente concordou:

— Sim, é Talôi.

A sorte, pensavam os astronautas, era que o seu pequeno cativo tinha um coração ligeiro ou filosófico. Porque depressa aceitou o irreparável e tratou de adaptar-se. Auxiliado pelos desenhos, com rapidez adquiriu um bom vocabulário na língua dos humanos. Tinha a inteligência ávida de um adolescente bem-dotado. A sua simpatia, o seu humor tranquilo, também ajudavam. A viagem era longa e, passado um mês, ele já falava e entendia tudo e travava com os tripulantes compridas conversas. Ouvia coisas da Terra, com um ar maravilhado — as grandes cidades, as fábricas, as viagens espaciais, as fabulosas façanhas da técnica. E também contava coisas da sua gente, que, na água, elemento dominante em nove décimos do pequeno planeta, passava grande parte da sua vida.

Fazia desenhos representando as aldeias com as suas casas de teto cônico, destinadas a protegê-los principalmente do sol, que os maltratava muito. Akim Ilitch quis saber se eles não faziam uso do fogo, pai de toda a civilização humana, na Terra. Não, Ma-Hôre explicou: a sua natureza anfíbia temia e detestava o fogo: talvez por isso os Zira-Nura, embora tão inteligentes, não se houvessem adiantado muito em civilização. Além do mais, o pouco oxigênio que tinham na atmosfera não facilitaria a ignição, sugeriu Virubov, o navegador.

Mas já haviam descoberto a eletricidade e os metais que desprendem energia, como o rádio, e já os usavam imperfeitamente. Como viviam em pequenas tribos e não se interessavam por disputas de território — o mar, fonte das matérias-primas, chegava para todos —, não se aplicavam em armas de guerra; possuíam apenas armas de caça e defesa, destinadas a livrá-los das feras aquáticas — cetáceos, peixes e moluscos. Falavam uma língua harmoniosa que aos ouvidos dos homens lembrava o japonês. Cultivavam as artes, principalmente a poesia, imprimindo livros com ideogramas da sua escrita — que Ma-Hôre reproduzia —, usavam como papel folhas de papiro de campos submarinos. Gostavam de pintar, de esculpir, de cantar; e Ma-Hôre, depois de escutar com respeito da boca dos homens (que ainda não tinham perdido a mania da propaganda) a história das suas lutas pela sobrevivência e pela civilização, explicava, como se pedisse desculpas, que, dadas as facilidades das suas condições de vida, os Zira-Nura tinham caminhado mais no sentido da arte do que no da técnica... O nome Zira-Nura queria dizer "senhores da terra e do mar". Para o justificar, domesticavam alguns animais — uma espécie de lontra minúscula que lhes fazia as vezes de cão, e algumas aves para consumo doméstico. No mar, domesticavam uma variedade de golfinho que lhes servia de montaria, de gado leiteiro e produtor de carne. No mais, eram monógamos, politeístas, democratas, discursadores, com uma elevada noção do próprio ego. E o comandante os definiu numa palavra única:

— Uns gregos.

Ao que a tripulação assentiu, no velho hábito da unanimidade: sim, uns gregos.

A etapa seguinte na "educação" de Ma-Hôre notabilizou-se pelo seu intenso interesse pelo trabalho dos astronautas e pela rotina de bordo, especialmente pelo funcionamento e trato dos aparelhos de ar-condicionado, aos cuidados do seu predileto, Akim Ilitch. Logo assimilou o mecanismo delicado das dosagens, o manejo dos compressores. Com pouco, Akim Ilitch, divertido, já o deixava renovar sozinho a carga do balão do seu pequeno *aqualung*, cujo uso Ma-Hôre não podia dispensar. Para a noite, porém (ou antes, no intervalo dedicado ao sono, pois ali não havia dia nem noite), Mitia e o médico haviam transformado um pequeno armário embutido na parede em câmara estanque, cheia do ar adequado, onde o homenzinho dormia. Por iniciativa própria, Ma--Hôre tomou a si o cuidado dos tanques hidropônicos, onde se fazia cultura de algas para a purificação do ar e produção de alimentos frescos. Nessa hora, gostava de mergulhar longamente o rosto na água, fazendo funcionar as pequenas brânquias ressequidas. E também se ocupava com vários outros pequenos serviços dentro da nave, amável e diligente.

No tédio da longa travessia, os homens tomavam gosto pela instrução daquele aprendiz tão solícito. E ele, depois que o mecanismo de aeração não lhe escondia mais nenhum segredo, dedicou-se à navegação. Ficava longas horas ao lado de Virubov, enquanto o navegador anotava mapas e conferia cálculos. Mas não entendia nada, queixava-se, e Virubov o consolava, dizendo que ele carecia do indispensável preparo matemático. Ma-Hôre, porém, insistia em saber: era mesmo dali que dependia a orientação da nave, o seu rumo para a distante Terra? E tal era o seu empenho em compreender, que certo dia o comandante o pegou pela mão e o levou ao santo dos santos: o cérebro eletrônico da nave. Explicou que seria impossível orientar a rota nas distâncias do infinito, como quem dirige uma simples máquina voadora. O menor erro de cálculo daria um desvio de milhões de quilômetros. Só o cérebro podia pilotar a nave: naquela fita de papel perfurado lhe eram fornecidos os dados, e o maravilhoso engenho eletrônico controlava tudo até a chegada.

Daquela hora em diante, Ma-Hôre se declarou escravo do cérebro. Limpava-o, polia os metais expostos, estava sempre presente e atento quando o comandante vinha fazer o seu controle diário. Os companheiros diziam rindo que, quando chegassem à Terra, lhe dariam um cérebro eletrônico como esposa. Ma-Hôre sorria também, mas com um estranho brilho nos olhos enviesados.

A viagem se alongava, infindável. Era tudo tão sereno dentro da nave que a disciplina relaxara e ninguém dormia mais em turnos alternados de repouso, de dois em dois. Todos juntos dormiam durante a "noite" e, de "dia", faziam refeições regulares, almoço, jantar e ceia, numa agradável rotina doméstica. Naquela "noite" repousavam todos, pois, quando Ma-Hôre, com o seu *aqualung* posto, abriu sutilmente a porta da cabine condicionada. Visitou os tripulantes nos seus beliches: dormiam, sim. Dirigiu-se em seguida ao aparelho condicionador do ar e mudou a posição dos botões de dosagem. Em breve um cheiro forte encheu a nave e Ma-Hôre voltou à sua cabine, onde esperou uma hora. Pôs de novo o *aqualung* e saiu. De um em um tateou o pulso dos astronautas: já não batia. Por segurança, Ma-Hôre esperou mais uma meia hora e fez segundo exame: os homens estavam mortos, bem mortos.

Com gestos seguros, ele abriu uma válvula e deixou que se escapasse para fora o ar envenenado; findo o quê, deixou entrar um ar novo — o bom, o doce ar de Talôi. Liberto do *aqualung*, respirou forte e fundo, com um sorriso feliz.

Cantarolando, dirigiu-se ao cérebro eletrônico: e repetiu, como num rito, as complicadas manobras que o comandante lhe ensinara para o deter. Copiou numa fita nova, cuidadosamente invertidos, os dados com que o cérebro fora alimentado, levando-os de *W-65* até aquele ponto. Pôs a fita na fenda, apertou os botões — fiel ao que aprendera do pobre comandante, agora ali tão morto, com o rosto esfogueado pela barba ruiva.

E, afinal, foi espiar pela vigia, para ver se o céu mudara, na marcha de regresso à terra dos Zira-Nura.

Natal no Paraguai

O MATO ERA RALO; mas visto do chão parecia fechado e opressivo ao soldado caído. A perna lhe pendia morta dentro da calça empapada de sangue. Soerguendo o corpo nos cotovelos, o soldado tentou ao menos sentar-se, mas não pôde. Sentia um calor terrível; desabotoou o dólmã, num frenesi. Deixou de novo cair a cabeça na terra. Meu Deus, e agora?

Com o ouvido colado ao chão, ainda tinha a impressão de escutar o longínquo tropel dos cavalos. Os seus fugindo, os outros, perseguindo.

Afrouxou o cinto apertado. Uma formiga lhe mordeu o pescoço. A perna doía como se a estivessem arrancando. E não podia mexê-la.

Sim, meu Deus, e agora? Não sabia onde estava. Paraguai, era. Léguas e léguas, Paraguai adentro. Olhou com mais interesse a terra em que repousava o rosto. Segurou um pouco dela entre os dedos. Não fazia diferença — tudo é terra. E as folhas, o capim — tudo igual ao do outro lado. Mas a gente, só em dizer a palavra *estrangeiro*, tem logo a impressão de mudança, de uma qualidade diferente de pátria. As formigas agora lhe subiam pela manga. Soprou-as. Formiguinhas paraguaias. E o anum trepado num pau seco também era paraguaio. Se a perna não doesse tanto, era para rir. Anum paraguaio! Mas, minha Mãe de Deus, como doía! E não era para rir, não. Anum paraguaio, formiga, terra paraguaia. Queria dizer que tudo era inimigo dele. Ou, ao contrário, ele é que era o inimigo, invasor da terra alheia. Se o pegassem, matavam-no. Nem prisioneiro o fariam. Com o ódio que aquele povo sentia por brasileiro!

Por estas horas, já estaria liquidado o pequeno troço de cavalaria mandado como vendeta. Também, foram se adiantar muito, descuidados da reação local. Cruzes, como aquela gente brigava. De facão, de pau, de tiro. Deviam ter avistado de longe os cavaleiros, esperaram escondidos no barranco; e na passagem caíram em cima. Só dentro do barranco ficaram cinco mortos. O cavalo dele, ferido na cabeça, saiu correndo, louco, derrubou-o da sela, arrastou-o um pedaço preso ao estribo. E quando ele se livrou, afinal, o cavalo continuou a carreira desatinada... talvez acompanhasse os outros...

Quantas horas teria ficado ali, desacordado? No começo da briga era noite alta — e agora o dia estava claro, embora nevoento.

De longe, pareceu-lhe escutar um badalar de sino. Fraco, era como um balido de ovelha chamando a cria. Mas era sino mesmo. Badalava agora mais forte, como se o sineiro tomasse gosto.

Sino quer dizer igreja, igreja quer dizer povoado; haveria casas ali por perto.

Soldado quando vai para a guerra deveria ganhar um mapa junto com o equipamento. Só assim pode saber o que há de encontrar pela frente. Bem, os oficiais tinham mapas. Mas os soldados murmuravam que os mapas eram imperfeitos. Diz que o López era tão sabido que só deixava publicar mapas errados, para inimigo nenhum poder se orientar lá dentro. Ah, contavam tanta coisa do López. Será que ele tinha mesmo pacto com o cão? Pelo menos o pessoal paraguaio acredita que ele tem o corpo fechado. Pode passar através de uma cortina de balas, enfrentar uma carga de baionetas — por ele não entra nem chumbo nem ferro frio. Diz que ele manda temperar com pólvora a comida dos soldados para inocular valentia neles. E toma os meninos, mal largam o peito das mães, para fazer deles soldados, de pequeninos. Pela lei do López, menino de dez anos já tem que saber limpar uma arma, preparar a carga, carregar. Aos doze anos, tem que acertar na mosca a cinco braças. Diz que no Paraguai tem até batalhão de mulher...

Queria encontrar um, ver como elas brigam. Se bem que, numa guerra, o que não falta é mulher. Por exemplo, aquela moça, logo que passaram a fronteira. Não se importava com a guerra, para ela tudo era cristão. Chamava-se Nena — mulher da vida. Morava numa casinha coberta de palha, meio afastada, na ponta da rua. Uma pobreza! A cama ficava mesmo na salinha — se aquilo era cama. O vestido de Nena era azul de ramagens, com a saia bem rodada. A cara redonda, o cabelo escorrido numa trança. Matou uma galinha — uma galinha magra para seis soldados! Fez pirão com a farinha que um dos soldados trouxera na mochila. E assim mesmo aquele cabo goiano, tão bruto, exigiu que ela comesse uma colherada antes, para mostrar que não tinha veneno. "Se vocês conhecessem, como eu, essa raça paraguaia, não confiavam assim", ele explicava. "Abandonam as casas com as panelas cheias de comida em cima das trempes só para a gente encontrar. Mas dentro botam veneno de índio, ervagem, ticuna. Enchem de manipueira a água de beber, esses paraguaios!"

Nena, rindo, provou a galinha e depois todo mundo comeu.

Mas quando, na volta, eles passaram pela casinha da ponta da rua acharam Nena enforcada numa trave da salinha; cortado o cabelo bonito, maltratado o corpo. E, na parede caiada, escrita a carvão uma palavra só: "brasileira"...

O sino tocava agora um repique. Manhã de missa — missa de Natal! Dia 25 de dezembro, não era? Pois ontem o alferes não lera a ordem do dia, que mandava dar ração dobrada e acabou com um viva ao Menino Deus e outro ao imperador? Parecia tudo tão longe, agora! No regimento, o capelão deveria ter rezado a Missa do Galo, como se faz no Brasil. Mas, para aquele pequeno troço perdido, a ordem do dia já era muito, e só se fazia porque o alferes era homem sistemático, não dispensava nada do regulamento. E a ração dobrada era um modo de dizer, só outro pedaço de bolacha, porque, no mais, não havia ração nenhuma.

Imóvel, imóvel, a perna não doía tanto, só latejava e ia ficando cada vez mais dormente. Bem, mas de qualquer jeito sempre era Natal. Olha só o sino repicando bem alto, chamando para a missa. Sinal de que o povo estava tranquilo, o inimigo longe. Ah, gente danada.

Diz que, na noite de Natal, baixam os anjos à terra, pedindo paz aos homens de boa vontade. Será que aqueles paraguaios também tinham boa vontade? Não tinham começado essa guerra? E quem era o Paraguai para brigar com o império do Brasil? Como dizia o alferes na ordem do dia: o tirano López, que pretende dominar a América e usurpar o trono do nosso magnânimo imperador. Por que se chama sempre o imperador de magnânimo? Seja como for, era um desaforo do López querer tomar o trono do imperador. Pedro II, imperador brasileiro, nascido e criado na sua corte do Rio de Janeiro, que com quatorze anos de idade já tinha tino para governar — imagine botar o López no lugar dele! Só em juízo de paraguaio podia caber uma ideia dessas.

O sino calou-se um momento, voltou a tocar. Talvez fosse a última chamada da missa. Isso de missa é igual em toda parte. Ah, se ele conseguisse se arrastar até a aldeia — o povo todo na missa — essa gente é muito religiosa — não parece, mas é — depois sendo hoje um dia tão grande — eu me arrasto até a igreja e quando for a hora da elevação — quando o padre levantar a hóstia — eu grito pedindo asilo. Quero ver se me matam. Dentro da igreja, o padre com a hóstia consagrada na mão...

Tentou arrastar-se para a frente. A perna voltou a doer de modo intolerável. Mas o soldado não se importou, trincou os dentes e conseguiu avançar bem um palmo. Parou para descansar. O sino calou-se de novo? Terá sido mesmo a última chamada. Quem sabe o padre tem dó. Padre sempre é mais caridoso. Talvez encanem a minha perna. Afinal, um simples soldado, que culpa tem de uma guerra assim? E, com a perna neste estado, não posso fazer mal a ninguém. Mas como dói, minha Nossa Senhora do Perpétuo Socorro, como dói. Vamos. Ai! Assim mesmo já consegui me arrastar bem uns seis palmos. E o soldado começou a fazer cálculos: a missa dura quase uma hora. Hoje, que é dia grande, há de ter sermão — bote mais meia hora. Não é possível que eu não alcance a igreja antes do fim da missa. Pelo toque do sino, a que distância estará? Duzentas — trezentas braças? A uma braça por minuto são trezentos minutos. É demais. Tenho que fazer duas braças por minuto, no mínimo...

O suor lhe escorria do rosto. O sangue da perna deixava um rastro feio no chão. Mas parece que o sino o puxava, porque ele, trincando os dentes, um braço na frente do outro, um na frente do outro, ia avançando, palmo a palmo...

Pela vereda estreita desciam dois meninos. Cara larga, cabelo curto, roupa velha. Um pelos dez, o outro pelos doze anos. O maior trazia na mão um bodoque e caminhava sem dar ouvido às censuras do menor. Como é que não tinha medo de fugir da missa? Então não sabia que era pecado mortal caçar em dia santo — e pior ainda no dia santo no Nascimento? Cada tiro de bodoque era o mesmo que fazer pontaria no Menino Jesus.

O mais velho levantou a mão ao ar, num gesto de enfado. Psiu! Qualquer coisa se mexera entre o capim alto. Um bicho grande que fazia o mato ondear. Seria uma cobra — mas que enorme! —, um cachorro-do-mato... devagarinho, devagarinho, os meninos se aproximaram.

O menor, com o coração lhe batendo na boca, acocorou-se por detrás do outro. Sua mão tateou em redor, encontrou uma pedra pequena e apertou-a forte. O mais velho continuou a avançar, agachado, abrindo devagarinho o capim na direção do movimento. Iam chegando perto, pertinho. O bicho também se movia, mas para diante, fugindo deles. De gatas, os dois pequenos ganhavam terreno... a coisa se arrastava sempre...

Aí escutaram um gemido — um homem! Avançaram um pouco mais, viram um pé de botina — um soldado! Deixaram-se cair no chão, assustadíssimos. O soldado também pressentira o movimento, escutara em seguida a fala dos dois — não compreendia bem —, era uma mistura de espanhol e guarani. Esperava não ser visto, tratava de rastejar mais depressa ainda, chamado pelo sino — parece que lhe sentia as vibrações no ar.

Os meninos, vencido o primeiro susto, voltaram a se aproximar e espiaram por uma aberta do mato. Sim, era um soldado. Inimigo. Fugia, arrastando-se de barriga no chão, fazendo força com os cotovelos, ajudado só por uma perna; a outra não tinha movimento e deixava um rastro vermelho pela terra.

O maior sussurrou ao menor — via alguma arma? Não, não viam arma nenhuma. Então eles tomaram coragem, chegaram mais perto. O ferido sentiu-se descoberto, virou-se, encarou-os. Tão miúdos, tão magros, coitadinhos — naquele povoado não haveria mais homens, fora tudo para a guerra... Tentou sorrir; mas a cara suja de terra e de suor mostrou apenas uma careta. O menino menor levantou a mão e lhe atirou a pedra:

— *¡Perro brasilero!*

O maior correu a vista em redor, descobriu um pedaço de pau quebrado, alguns metros além. Correu a apanhá-lo, enquanto o menor continuava a catar seixos no chão e a atirá-los no *perro brasilero*, que tentava defender o rosto levantando os braços.

Aí, o maior chegou com o pau, sem ser pressentido pelo soldado. Bateu com força. Na cabeça. Chocado, o menor deteve a mão no ar, segurando ainda uma pedra. O outro batia. O soldado arranhava o chão com a perna sã, fazia uns movimentos convulsos com os braços, como um frango agita as asas, morrendo. O menino maior bateu mais forte, com um gemido de esforço.

Aí o soldado não se mexeu mais.

A casa do Morro Branco

I
O AVÔ

A CASA É BRANCA, posta no alto do morro. Fica a muitas léguas de sertão, num desses ricos estados do Brasil adentro, nos quais a vida seria um sonho se não fossem as distâncias e as doenças. Contudo, até esses males se remedeiam; porque as distâncias não importam a quem não quer sair de onde está; e as doenças, o corpo se acostuma com elas ou, como se diz agora, vacina.

Só conheço o lugar de vista. Como disse, tem um morro; não um grande morro alto, desses que mais parecem montanhas de verdade — e, pensando bem, são realmente montanhas. O de lá era, antes, uma colina, ou isso que nós no Nordeste chamamos de "alto", ou "cabeço". Mas por morro ficou, tanto que a fazenda era conhecida por "Morro Branco" — sendo o branco devido ao calcário rasgado nos caminhos e que, visto de longe, chegava a dar a ilusão de neve. A casa caiada, cercada de alpendres, é tão antiga que certa gente pretende que ela vem dos tempos do Anhanguera. Naquela terra, tudo que é antigo, botam logo por conta do Anhanguera; e, então, no caso do Morro Branco, como o Anhanguera levava o nome de diabo e a casa tem fama de mal-assombrada, juntaram uma coisa com outra.

Gente que sabe, porém, conta a história direito. O homem que fez aquela casa era vindo de Pernambuco e, pelo que se dizia, chegara fugido das perseguições que se seguiram à Confederação do Equador. O verdadeiro nome dele nunca se conheceu. Era pedreiro-livre ou, como se falava na época, "mação". Conseguiu fugir avisado por amigos, antes que começassem as prisões e as matanças. E, mais feliz do que alguns que mal salvaram a triste vida, ou outros que nem a vida salvaram, o nosso amigo conseguiu escapar com a sua boa besta de montaria, um moleque e um cargueiro de bagagem, um bacamarte e um saquinho de couro cheio de dobrões de ouro e prata.

Chegou à terra nova lá pelo ano de 1825; naqueles longes de sertão, pouca notícia se sabia da mal-aventurada Confederação; e o nosso pedreiro-livre pensou, com boas razões, que, se ele se acusasse de um crime diferente, talvez ninguém se lembrasse de lhe atribuir aquele pelo qual realmente fugia. E assim, depois que se instalou na vila, mandou que o escravizado contasse, como em confidência, ao curioso povo da terra, que o seu senhor andava realmente fugido porque matara um homem que lhe desonrara uma sobrinha. Sendo o sedutor sujeito de parentela poderosa, arreceara-se o moço não de sentença da Justiça, que sua causa não dava margem a dúvida, mas de vingança da gente do morto. A história pareceu boa e ninguém se lembrou de política, tal como o previra o pernambucano.

A vila onde se acolhera era em verdade um bom porto para o perseguido; povoada de gente amistosa, banhada por um rio que a dividia em duas; tinha, na sua igreja matriz, um orago diferente de todos os que se veneravam nas igrejas suas conhecidas: um velho barbudo, de cenho olímpico e sobre a cabeça uma auréola triangular — o Divino Padre Eterno.

O nosso amigo, primeiro, se arranchou na rua, em casa de aluguel; depois, como era homem de hábitos rurais e poupava sabiamente os seus dobrões de ouro, comprou umas datas de terra mais para arriba do rio e para lá se mudou com o moleque. Ao se instalar na vila descobrira a necessidade de arranjar nome para si. Sendo (é claro) homem de leituras adiantadas, que só por amor delas se metera na Confederação, quando viu aquela igreja consagrada ao Padre Eterno lembrou-se da igreja de Voltaire, dedicada ao mesmo santo; e abandonando para sempre os velhos apelidos pernambucanos declarou chamar-se Francisco Maria Arouet. O povo do lugar logo o traduziu para "seu Chico Aruéte".

De saída, construiu o moleque um rancho de palha, para abrigar o novo dono na sua fazenda; mas dentro de um ano já havia casa nova, aquela casa hoje tão velha do

Morro Branco, feita com risco do pernambucano, cópia rústica das casas-grandes da sua província nativa.

Quem me contou a história não sabe quando foi que começou a se espalhar o boato de que seu Chico Aruéte tinha pauta com o Cão. Alguns o viram passar defronte da igreja sem tirar o chapéu. Outros constataram que naquela casa da fazenda não havia uma imagem de santo, um registro, um rosário. E o patrão arranjou para viver consigo uma cunhã das redondezas (ninguém sabia que ele deixara mulher em Pernambuco); e a cunhã era ver uma bugra: olho enviesado, fala surda e curta.

E depois, tudo que aquele homem fazia era diferente. Quando montava a fazenda, mandou de viagem o moleque, que lhe trouxe de volta, talvez de Minas, talvez de São Paulo, um garrote de raça turina, um casal de borregos também de raça (vinham os cordeiros em costal de cargueiro, cada um dentro de um jacá); um outro cargueiro trazia fardos de livros e mais uma caixa oblonga, preta, que guardava dentro — imaginem — uma flauta.

Nessa flauta seu Chico Aruéte se punha a tocar altas horas da noite. Muita gente se benzia quando passava ao pé do alto, no Morro Branco, e escutava aquele som fino de flauta furando a escuridão, como um assobio do Maligno. E cada música triste, aflita, de cortar coração. Depois, o homem não tinha partido em política — e um homem rico, já se viu coisa assim? Dizia que só era inimigo do imperador, "o rei", como o chamava. Certa vez lhe perguntaram a que partido pertencia e ele, rindo, respondeu que a partido nenhum — mas acrescentou que era "bode" — nome com que, no Recife, chamam aos maçons. A visita, ouvindo essa, despediu-se, benzeu--se e nunca mais botou os pés naquela casa. Pois quem é que não sabe que o bode, especialmente o bode-preto, é a própria figura de Satanás?

Além do mais, teve quem visse a cunhã de seu Chico Aruéte matando galinha em dia de sexta-feira; e daí saiu o boato de que em toda Sexta-feira da Paixão o homem mandava sangrar um carneiro (que, como todo mundo sabe também, é a figura de Nosso Senhor que veio tirar os pecados do mundo), aparava o sangue num caneco e o bebia assim mesmo cru, antes que talhasse.

Também a explicação, a princípio tão aceitável, de que ele fugira da sua terra porque matara um ladrão de honra foi se trocando por outra; e acabou correndo, pela vila inteira, que ele matara, mas fora um padre — que é que se podia esperar de um homem com as mãos tintas de sangue consagrado senão que tivesse um pacto com o Maldito?

II
O FILHO

Os filhos da cunhã de seu Chico Aruéte não vingavam: morria tudo pequeno. Só um, dos cinco, se criou. E o pai, sempre diferente de todo mundo, em vez de dar à criança um nome de santo, quis que ele se chamasse Spartacus. Houve discussão com o padre na hora do batizado; mas o pernambucano teimou, o vigário se saiu com um relaxo em latim, seu Chico traçou no latim igualmente, e acabaram chegando a um acordo: o menino foi batizado José Spartacus. Mas mesmo com o encosto do "José" o povo estranhou: aquilo lá era nome que se pusesse num inocente? Onde já se viu "santo Spartacus" em folhinha?

Logo apareceu o apelido "Pataco". A cunhã, mãe do pequeno, foi a primeira a chamá-lo assim, que a língua dela não dava para tantos "erres" e "esses". E, engraçado, o rapaz crescendo, parece que era um dos primeiros a acreditar no demonismo do pai. Tinha medo dele e, de noite, na cama, se benzia quando escutava o ganido da flauta, decerto direito uma alma em aflição. Daí, não admira, por que nunca o moço aprendera nem metade do que sabia o velho. Não era capaz de ler os livros em francês; nem jamais se interessara pela flauta, embora por toda a vida, mais tarde, a conservasse bem guardada, relíquia que era, dentro do baú de couro tauxiado de cobre que viera naquele famoso cargueiro do Recife.

Estava Pataco se pondo homem, mal começara a se barbear, quando certa manhã a mãe dele, ao entrar no quarto do velho (a cunhã não dormia com seu Chico, mas sim na camarinha dos fundos, junto com duas crias da casa), a fim de lhe trazer a tigela de café quente e a brasa do cachimbo, soltou um grito alto, talvez o primeiro da sua vida. Pataco acorreu e encontrou o pai morto em cima da cama, de ceroulas e camisa, como andava de dia, chinelas nos pés; via-se que não se deitara propriamente, caíra por cima do colchão, só mesmo para morrer. E, circunstância curiosa, que deu mais assunto à boca do povo: aquela flauta tão falada, seu Chico Aruéte morrera com ela na mão, da sua mão rolara para o chão do quarto e lá estava ao pé da cama, toda preta, salpicada de prata, que era ver mesmo uma cobra.

Mas se a vida de seu Chico Aruéte se escondia em mistério, a de Pataco, embora ali nascido e criado, ainda era pior. O pai fora homem sanguíneo que gostava de dar as suas risadas e tinha raivas, acessos medonhos de raiva, durante os quais berrava desadorado, feito mesmo um possesso do demônio. Pataco — ao contrário — herdou da cunhã sua mãe o gênio de pouca fala, o olho enviesado, os modos sonsos. A vida da fazenda nas mãos dele murchou como uma planta na seca. Foi-se acabando o gado, morreram as ovelhas; os moradores, cismados, se mudavam. Aliás, no Morro Branco só trabalhava gente forra; era outra das manias de seu Chico Aruéte: dizia que não acreditava em cativeiro e não possuía gado de dois pés. Não possuía nenhum escravizado, e se o pajem o chamava de sinhô e lhe tomava a bênção, dizia ele que era vício do moleque. Imagine, vício, tomar a bênção! Mas desse jeito é que seu Chico Aruéte falava.

Passados uns tempos, Pataco apareceu com uma novidade: aproveitando uma corrente de água que banhava a fazenda, lá embaixo, no vale, fez ele mesmo um monjolo. Ninguém tinha aparato daqueles ali ao redor. De modo que, em pouco tempo, só do monjolo vivia Pataco, moendo para si e para os vizinhos, que lhe deixavam o pagamento em farinha.

Três vezes se casou José Spartacus. Sua primeira mulher foi uma menina da vila, filha de uma viúva pobre que vivia de fazer quitanda para fora. A própria menina já costurava de ganho. E só não se achou que Pataco casara abaixo de sua condição porque, afinal, ele não era filho de casal e o pai tinha aquela fama esquisita. Casado, Pataco levou a moça para o Morro Branco, brigou com a sogra — a velha, pelo menos, dizia por toda parte onde andava que tinha a filha por morta, nas mãos daquele sonso com nome de herege. Coitada da rapariga, muito pouco viveu casada. Morreu de parto, no primeiro filho, não teve tempo nem ao menos para fazer as pazes com a mãe. E o desgraçado do marido, em vez de trazer o corpo da mulher para enterrar na igreja, mandou abrir uma cova na descida do alto e ali mesmo sepultou a pobrezinha, que levara nos braços o filhinho pagão e natimorto. Tanta murmuração fez o povo, que o delegado de polícia montou a cavalo e foi ao Morro Branco, saber do que houvera. Trancou-se na sala com seu Pataco, chamaram a comadre que fizera o parto; e decerto ficou tudo bem contado, porque o delegado se deu por satisfeito. Parece que a moça morrera de infecção e o corpo não aguentaria a demora da viagem até a vila. De qualquer modo, combinou-se que, para a defunta não ficar enterrada no mato, tal e qual um bicho bruto, o marido mandaria erguer uma espécie de catacumba de alvenaria, encimada por uma cruz; e não admira que daí por diante o lugar ficasse mal-assombrado, como ficou.

A segunda mulher de Pataco era filha de um fazendeiro nortense. Deu ao marido três filhos; sendo duas moças, das quais a primeira morreu solteira na casa do Morro Branco, e a segunda casou com um roceiro de perto, sujeito de pouca criação e menores posses que não era para levantar os olhos para moça branca, filha de família. Pataco, entretanto, não se opôs ao casamento. Dizia que o choro, se houvesse, ia ser da filha, não dele; e, afinal, teria uma boca de menos em casa. O terceiro filho era homem, e se chamou Francisco Maria, como o avô.

Uma dor de repente matou a segunda esposa de José Spartacus. O povo jurou que a dor era resultado de veneno ou feitiço, feito pelo marido, para se casar com a terceira mulher, com quem de fato se casou. Mas, essa, Pataco precisou furtar; pois o pai da rapariga, quando teve ares do namoro, nem deu vaza a pedido de casamento. Do balcão da sua loja, na vila, dizia a quem quisesse ouvir que a filha dele não fora nascida para mulher do Barba-Azul. Mas antes queria vê-la morta e donzela. A moça, porém, teimou, fugiu. Verdade que depois de casada apareceu em casa e, chorando, se ajoelhou a pedir a bênção paterna. O pai teve dó, respondeu que a bênção ela levava, mas só a bênção e nada mais. E nunca deu a Pataco o nome de genro.

Pataco, semelhante ao pai, morreu de repente, embora não morresse na sua cama. Digo de repente porque morreu de um tiro — haverá algo mais repentino? Nunca se descobriu quem fez aquela morte. Sei que o dono do Morro Branco voltava para casa, altas horas da noite, montado na sua besta de sela, muito fina, pois as boas bestas de sela eram tradição naquela família. Já ele chegava ao pé do morro, já passava bem perto das sepulturas das duas finadas, pois que a segunda fora fazer companhia à primeira, na cova à beira da estrada; e então o emboscado, que se escondera atrás da cruz, fez pontaria e atirou. A carga de chumbo grosso pegou na cabeça do cavaleiro, atravessou na altura do olho esquerdo, e quando o infeliz bateu no chão, já era defunto. A mula, espantada, desembestou e subiu o alto às carreiras, arrastando o corpo, que ficara com o pé preso ao estribo.

III
O NETO

O ECO DO TIRO que matara José Spartacus ainda estava respondendo na quebrada do Morro Branco quando rompeu a gritaria da viúva. É que a besta de sela só parara a carreira ao se defrontar com o alpendre da casa velha, e ainda arras.ava pelo loro o seu desgraçado cavaleiro. A gente da cozinha acorreu ao ouvir os gritos, e lá estava a patroa, abraçada ao corpo, chorando e rogando praga. Embora não faltasse quem dissesse que ela própria fora a mandante do tiro, enciumada por uns falados amores do marido com certa mulher de ponta de rua, na vila. A verdade é que o casal vivia pessimamente, já há muitos anos. Sei que a viúva mais que depressa enxugou o choro e tratou de deixar aqueles matos mal-agourados, para tornar à companhia do pai.

Conta o povo que ela, mal entregou o defunto ao pessoal que o carregou para a cama, pegou da cambada de chaves que lhe roubara do cós das calças e foi correndo abrir a mala dos guardados, o famoso baú tauxiado de seu Chico Aruéte. O que ela queria era o saco dos dobrões — mas não achou saco nenhum, nem dobrão. Apenas umas roupas velhas de cheviote e belbutina e, dentro de uma lata muito enferrujada, um maço de dinheiro em notas que depois se viu que estavam recolhidas; alguns patacões de prata e uma aliança de ouro. O resto era papelada, livros e a nossa velha conhecida, a flauta, guardada no seu estojo.

Foi daí que saiu a briga de fogo e sangue entre a madrasta e o enteado, o qual, como eu disse, recebera o nome de Francisco Aruéte, em honra do avô. Mas era chamado de Chiquinho. Assim que se deu conta da pouca pobreza restante na mala, a viúva danou-se a gritar, bradando que fora roubada pelos enteados. Eles não respondiam, porém a filha mais velha, que tinha jeito de bruxa, tal como a cunhã sua avó, pegou num tição e chegou-o aos olhos da madrasta. A mulher saiu correndo, alcançou a vila quase morta. Aliás, já houvera antes a questão do enterro: queria a viúva levar o defunto para enterrar no sagrado, mas os filhos exigiram que ele ficasse na sepultura ao pé do morro, onde já estavam as duas finadas. E foram eles que ganharam a demanda, pois a autoridade achou que já se podia considerar como um pequeno cemitério aquela catacumba da fazenda.

E a viúva, que era danada de língua, pôs-se a espalhar que fora roubada na sua meação de casamento; todo o ouro do velho Aruéte estava decerto enterrado em algum lugar, por aqueles pareceiros do Cão-Coxo. Aí, não era à toa que, naquela casa, o cheiro maior que se sentia era o do enxofre. Chiquinho, o moço, herdara o gênio esquisito de Pataco; e, vexado talvez com as falações da madrasta, deixou de todo de ir à vila. Também não tivera sequer a pouca criação do pai, quanto mais a do avô. Mal ferrava o nome, alguns diziam que nem isso. Tanto é que, em tempo de eleição, não se qualificara; e quando um cabo eleitoral lhe batia à porta pedindo voto, ele saía de mato afora, mandando dizer que não estava.

Não se casou, nem ninguém lhe conhecia mulher. Aos poucos, foram morrendo os que com ele moravam no Morro Branco, inclusive a irmã solteirona, a de fama de bruxa e, realmente, pessoa muito singular. De menina nunca se dera com a madrasta, a quem odiava. Vivia na cozinha, comia de mão, sem talher, agachada num canto; convivia mais com os bichos do que com os cristãos. Na cafua a que chamava de quarto, dormiam galinhas, pombos e, pelos cantos, sempre havia uma ninhada de cachorros. Falava-se que ela criava também sapos e morcegos, mas talvez esse último pé fosse murmuração. A madrasta, quando se referia a ela, dizia a "Bruxa" ou a "Mula sem Cabeça", mas o nome da rapariga era Carolina — "Sinhá Carola", diziam as mulheres negras que trabalhavam na casa. Quando ela se finou, já velha, o irmão, com quem também se entendia mal (diz que entrava mês e saía mês sem que os dois trocassem nem bom-dia), ficou a bem dizer só. De uma em uma as empregadas mais novas de casa se tinham sumido, por morte ou abandono, ficando apenas uma negra idosa. O monjolo do pai vivia quase parado. O que se plantava de milho, mandioca, feijão e arroz, mal devia chegar para o sustento da casa. O gadinho, muito pouco, produzia algum boi magro ou vaca parida que, de ano em ano, seu Chiquinho vendia na feira, para comprar alguma vara de pano, um cobertor de baeta, o sal e o doce do gasto.

Por fim morreu até a preta velha, e seu Chiquinho ficou sem ninguém. Cada dia mais se espalhava a certeza de que ele tinha ouro enterrado; já agora se falava numa enorme botija, com bem uma arroba de ouro em pó, e os dobrões do velho Aruéte, que um dos três — avô, pai ou neto — enterrara em algum lugar. Mas o povo da terra se contentava em falar, jamais ninguém teve a capacidade de chegar com pergunta ao dono do Morro Branco.

E foi aí que apareceu, sem se saber de onde, um bando de cavaleiros desconhecidos, que se diziam revoltosos da Coluna Prestes. Mas, revoltosos que tivessem sido algum dia, agora não passavam de desertores e renegados; na verdade, uns bandidos sem lei que andavam pelo mundo roubando e assaltando. Revoltoso nunca foi aquilo.

Sei que chegaram, se arrancharam na vila, "requisitaram" comida e bebida, tudo do bom e do melhor. E logo se inteiraram, em conversa com alguém mais falante, da história do ouro enterrado no Morro Branco. Nesse mesmo dia anoiteceram, mas não amanheceram.

Os vizinhos, tendo notado lá a presença dos estranhos, acorreram ao Morro Branco e encontraram seu Chiquinho sentado no chão, meio tonto da paulada na cabeça que levara dos bandidos. Trataram dele, banharam a contusão com vinagre. Mas logo foram embora. Passado um tempo da saída dos vizinhos, seu Chiquinho levantou-se da cama, apalpou o galo da cabeça e viu que o chão de tijolo da sala estava revolvido e cavado. O mesmo no quarto da frente, na camarinha das mulheres e até na despensa e na cozinha.

Foi até lá fora e viu que os homens tinham também escavacado o chão ao pé do alto, onde estavam o finado Pataco e as duas coitadinhas que até depois de mortas se viram ofendidas.

Seu Chiquinho esperou a madrugada, levantou-se ainda com escuro, pegou uma pá — pequena —, botou o chapéu por causa do sereno da madrugada e foi até um toco velho de pau-branco, a meio caminho da descida do alto; acocorou-se ao pé daquele toco, olhou bem ao redor, não havia ninguém àquela hora. Com a mão aberta mediu um palmo à frente do toco, outro palmo ao lado. No encontro dos dois, enfiou a folha da pá na terra, macia a princípio, depois mais dura e socada.

Com os dedos ajudou a afastar os torrões, enquanto com a pá ia afundando o buraco. A uns três palmos de fundura encontrou o que procurava: a botija de barro, enterrada ali desde o tempo do pai. Como já fizera de outra vez, retirou a botija, abriu com dificuldade, ajudando com a faca, a sua tampa de pau; tirou do bolso o lenço de alcobaça, estirou-o no chão e sobre ele derramou o conteúdo da vasilha: os famosos dobrões de ouro e prata, uns trancelins e cordões de ouro, barrinhas de prata e ouro, um pequeno saco de couro com alguns brilhantes soltos, mais quatro anéis, duas alianças e um broche de fecho quebrado; tudo de ouro. A prata, parece que o velho só lhe dava valor quando em barra.

Seu Chiquinho ficou ali algum tempo — depois de se sentar no chão úmido — contemplando o seu tesouro. De tão comovido, tinha vontade de chorar. Mas viu que o dia já clareava, o sol apontando no nascente.

Enxugou os olhos na manga do casaco e, aos poucos, quase que de um em um, foi devolvendo os dobrões para dentro da botija. De começo contava as moedas, mas pelo meio perdeu a conta; ia recomeçar, mas teve medo de demorar mais ali, ser descoberto.

Guardada a última peça, procurou a tampa da botija, limpou-a bem da terra; com o lenço já desocupado, tentou limpar também a própria botija, mas era serviço impossível: a crosta de barro já se agarrara nela, afinal era barro no barro.

Alargou um pouco o buraco no chão, cavou mais fundo e afinal depositou a botija, deitada, como um grande ovo no ninho.

De repente levou a mão aos lábios, deu um beijo nos dedos e encostou na botija os dedos beijados. Era a sua despedida. Olhou de novo em redor, ninguém aparecia. Devagar, encalcando bem a terra, foi tapando o buraco. Assustou-se um pouco vendo o local, limpo de mato, mostrando-se como um remendo no chão todo verde ao redor. Seu Chiquinho levantou-se, saiu catando pés de capim, de manjerioba, pezinhos de mata-pasto e os foi plantando na terra que cobria o buraco. Conseguiu disfarçar mais ou menos o quadrado de terra nova. Mais tarde talvez viesse regar um pouco o plantio, quando se visse só.

Levantou-se, andou em volta — sorriu um pouco, pensando na botija.

E voltou para casa, sentou-se cavalgando a rede do alpendre, consolado, satisfeito — fizera o mesmo que tinham feito o pai e o avô.

Lembrou-se então da flauta. Foi buscá-la no baú, dentro do seu estojo. Trouxe a flauta consigo.

E um passante que tocava um burro na estrada, mais adiante, de repente tomou um susto, escutando o som fino — seria uma flauta? — cortando o ar claro do começo da manhã.

Cremilda e o fantasma

(folhetim em quatro capítulos)

I

ORA SE DEU, NÃO faz muito tempo: era uma vez uma moça chamada Cremilda, que gostava muito de espíritos. Aliás, não era bem a moça que gostava deles, era mais a família dela, quero dizer o pai e a mãe. O pai vinha dos tempos heroicos das mesas falantes, e a mãe quando solteira morara em Belém do Pará, na fase da famosa temporada de materializações do desencarnado João. Por sinal, a dama ainda entesourava duas lembranças desse tempo — um molde em parafina da mão direita de João e alguns cravos de cera por ele próprio modelados.

Não seriam, contudo, o casal e a filha dos tais chamados ortodoxos, ou kardecistas, que é, creio, a denominação adequada. Formavam um pequeno trio cismático, ou não conformista, do ponto de vista dos ortodoxos, na religião deles. Quanto ao povo comum, católico, esse os tinha por — digamos — excêntricos.

Uma das mais conhecidas singularidades deles três era a mania de desassombrar casas assombradas. Mal sabiam que estava dando fantasma num lugar, logo corria o velho com a velha e a moça e se punham a doutrinar a vadia alma penada, até que a pobre se fatigava ou se convencia e ia, literalmente, baixar em outro centro.

Chegaram mesmo a ter um pega terrível com o padre capelão do cemitério; imagine que de repente deram para inundar os jornais reportagens a respeito da aparição de uma "dama branca" na necrópole do Bonfim, e o velho espiritista resolveu intervir. Deu entrevista, preparou-se espiritualmente e armou tenda no campo dos mortos, à espera da imaterial visitante, para a doutrinar. O padre opôs-se, é claro, alegando que cemitério é terra benta, jurisdição da Igreja, portanto, e que a alma da falecida — quem quer que fosse, e sendo realmente alma, e realmente falecida — estava muito bem entregue e com doutrinação adequada nas mãos de Nosso Senhor.

O velho, aí, já queria tirar mandado de segurança pois "cemitério é ou não um próprio municipal?". Tratava advogado e alvoroçava os repórteres, quando assunto novo veio desviar a atenção dos apóstolos. (Sim, porque era assim mesmo que a si chamavam — apóstolos. Contava o velho que, numa encarnação passada, fora apóstolo de verdade, não, porém, de Jesus, mas de

Buda, espírito ainda mais alto do que o do Cristo na sua opinião.) E era este o assunto novo:

Alguns anos atrás, numa casa rica da cidade, dera-se um crime impressionante. Lá morava sozinho, servido por um casal de criados que dormia fora, um moço solteiro, herdeiro universal da avó, antiga dona do palacete. Pois esse dito moço certo dia de novembro amanheceu apunhalado, caído num canteiro do jardim. Da sala de visitas até aquele maciço de samambaias, onde o encontraram, um rastro de sangue o seguia. Segundo as reconstituições da polícia, parece que o feriram na sala e ele ainda conseguira andar até lá fora, quem sabe perseguindo o assassino ou procurando socorro. Mas ladrão não fora o matador, porque no pulso o rapaz tinha um relógio de ouro e a carteira no bolso com dois contos e trezentos — muito dinheiro, na época. Nas gavetas da cômoda, no quarto da avó (que ele conservava tal e qual era no tempo em que vivia a velha), estavam todas as joias da finada, e era ouro muito, muitos brilhantes. E as chaves dos móveis pendiam todas de uma argola, num grande prego, à parede da sala de almoço. Os únicos sinais de depredação que se encontraram foram uns copos quebrados, despedaçada a antiquíssima caixa de música em formato de pagode chinês e, num retrato a óleo na parede, que representava o pai do moço, os dois olhos furados, queimados aparentemente à chama de um fósforo. Dava uma impressão horrível, como um cego recente, com as órbitas vazias.

Nunca se descobriu o autor ou autores do malfeito. Prenderam os criados, bateram muito neles, mas os coitados afinal conseguiram provar que, por feliz coincidência, haviam passado a noite do crime num velório: tinham mais de cem testemunhas. Fizeram-se todas as hipóteses, a rapaziada da imprensa até parecia um bando alucinado de novelistas de rádio — mas ficou tudo em novela mesmo. Verdade, nem sequer presunção de verdade se apurou mesmo. Deram de chamar o falecido rapaz "o homem mistério do palacete", e realmente ele fora muito quieto, quase esquisito. Sendo tão rico, não se formara doutor, tinha poucos amigos e não se lhe conhecia namorada ou amante. Baixo, magrinho, de ar triste, gostava de ler e ouvir discos; vez por outra embarcava num navio e se ia em temporada pela Europa. Do Rio não gostava, sua predileção eram Roma e Paris. E, naquela atrasada capital de província, um homem tão refinado, não se passando para menos de Paris e Roma (alguém explicou que ele não ia a Londres porque não falava inglês) — imagine-se as lendas que não suscitava. Ele, porém, tinha seus quarteirões de casas alugadas que a avó lhe deixara, não precisava de ninguém e, evidentemente, pouco se importava com lendas.

Morto o rapaz, passara a mansão para uns primos cariocas, que mandaram um procurador retirar de lá as joias, a prataria e a louça antiga e anunciar que se alugava o palacete mobiliado. Mas quem, na terra, quereria alugar uma casa daquelas, cenário de crime tão feio, manchado de sangue inocente e ainda não vingado?

Ficou, pois, o palacete fechado, sem pretendentes; e o antigo criado tomou conta do jardim, pagando-se com a venda das flores.

Tinham-se passado dois anos sobre o crime quando os vizinhos da direita começaram a contar que, toda noite de quinta-feira, exatamente às dez horas, ouviam--se gemidos na casa desabitada. E quinta-feira e dez horas da noite eram precisamente o dia em que fora morto o rapaz e a hora atribuída ao crime pela polícia.

O jardineiro por sua vez contava que não adiantava plantar samambaias novas no local onde caíra o cadáver; assim que o canteiro estava bonito de novo, lá uma manhã aparecia todo amassado, como se um corpo se houvesse arrastado sobre ele. O homem experimentou plantar begônias e tinhorões em lugar das samambaias — mas o mesmo sucedia. Em desespero de causa, encheu o canteiro com mudas de uma planta espinhenta que dá umas florinhas vermelhas e gêmeas, a que o povo chama eu-e-tu. O eu-e-tu pegou, cresceu, virou um emaranhado espinhoso, semeado de estrelas encarnadas. Mas, três dias antes do segundo aniversário da morte do moço, a moita nova amanheceu tão maltratada quanto as antigas samambaias. Continuava salpicada de vermelho; entretanto, quando o jardineiro a olhou de mais perto, verificou que a cor não era das flores: eram gotas de sangue fresco na ponta dos espinhos.

II

Saiu correndo o jardineiro, apavorado, gritando. E tratou de largar tudo, até o lucro das flores que vendia, contanto que não voltasse à casa mal-assombrada.

E o jardim se cobriu de mato. Certo dia um moleque mais corajoso pulou o gradil e foi espiar como é que estava o canteiro de eu-e-tu. Voltou de beiço branco, contando que, na moita espinhenta, se via o perfeito desenho de um corpo, como se tivessem tirado o defunto dali naquele instante. Os jornais deram o caso e o alarma se espalhou. Agravou-se o medo dos vizinhos, que passaram a tomar providências para mudança. Foi então que o nosso apóstolo compareceu à redação do jornal, dizendo que se prontificava, perante o procurador e os cariocas, a ir habitar a casa mal-assombrada e doutrinar aquele irmão inconformado com a lei da morte, que vinha perturbar os vivos.

O procurador concordou imediatamente. Deixava até que o apóstolo morasse de graça, na esperança de que se desfizesse a lenda incômoda. Senão, já tinha ordem para demolir, o que era uma pena, casa tão bem-feita como não se constrói mais, trabalho de mestre de obras português, portais de cantaria, varandim, sacadas de ferro batido, soalho de acapu e amarelo e até vitrais de cores nos janelões. O palacete era mesmo o orgulho do quarteirão, quiçá da rua. Até um quiosque tinha no jardim, e uma cascata, embora com o encanamento entupido.

56

A mudança fez-se à noite; sei que pela manhã viu-se que se abriam as janelas e se lavavam as vidraças. Armado de enxada e foice, o velho apóstolo ia travando combate com as ervas más do jardim. Contudo, não tocou na moita de eu-e-tu; aquilo era sua espera da caça, se me permitem dizer.

Mas, passados os primeiros dias, o apóstolo revelou a um amigo da intimidade a sua decepção: Armando — esqueci de contar que em vida o moço assassinado se chamara Armando — ainda não se manifestara.

Eis, porém, que em certa manhã da segunda semana, chegando ao palacete, o amigo íntimo encontrou a família em grande alvoroço. Armando aparecera. Não de noite, não deixando marcas no canteiro. Mas à meia-luz da tardinha, sentado na poltrona do escritório; curvado sobre a camisa entreaberta no peito, examinava o corte de faca que o matara.

Quem o viu foi a filha moça do velho, Cremilda. Mal entrou ela na sala, Armando levantou-se rapidamente, compôs a roupa — e pediu desculpas. Cremilda, fosse qual fosse o seu traquejo com o povo do outro mundo, sentiu-se extremamente perturbada. Nunca enfrentara uma "comunicação" assim. Recuou, bateu a porta e saiu gritando pelo pai. Mas quando o velho acorreu, entusiasmado, já o moço partira.

Debalde fizeram sessão à noite e convocaram o fantasma. Apareceu a avó, apareceu o modelo do retrato ofendido, ainda com os olhos enegrecidos do fumo, e se recusou a nomear o seu ofensor, dizendo apenas que o atentado fora um ajuste de contas velhas; apareceram *habitués* de outras sessões — e se digo "apareceram" é porque a velha era vidente. O velho não, apenas orava, em ambos os sentidos, pois rezava e discursava: homem de fé, não carecia de ver para crer.

No dia seguinte, nem nos outros imediatamente depois, Armando repetiu a aparição. Mas na tarde do oitavo dia, Cremilda, talvez de propósito, chegando ao escritório na hora do escurecer, divisou o vulto do moço, que se recortava nitidamente no quadro mais claro na janela. Decerto a esperava, porque se adiantou um passo e deu boa-tarde. E Cremilda dessa vez não correu. Verdade que tremia, mas já não era medo, era emoção pura. Armando lhe parecia mais bonito que nos retratos, mais alto e nada tímido. Pelo menos isso lhe valeram a morte violenta e o estágio no outro mundo: a perda da timidez que era em vida o seu maior desencanto. O que falou ele ninguém sabe ao certo. Ela contava aos arrancos, dizendo que haviam conversado um pouco de tudo. Ele se queixava de solidão. O pai ansiosamente indagou se Armando já se convencera de que estava morto. Cremilda não sabia bem... o fato é que ele agia como uma pessoa igual às outras...

— Mas isso é o mais importante! No próximo encontro quero pessoalmente averiguar esse tópico! — insistia o pai. — Senão, como é que ele pode ser doutrinado?

Ai, mas justamente o difícil foi esse "próximo encontro" com o velho. Porque ninguém, a não ser Cremilda, se avistava com o finado Armando. Só a ela se mostrava ele às vezes de dia, na penumbra do salão, enquanto ela batia escalas no piano; às vezes no jardim, à hora do lusco-fusco. Parece que, ao contrário dos seus colegas, Armando detestava a escuridão da noite e preferia o meio-termo do crepúsculo. E as mais das vezes a entrevista se passava no local do primeiro encontro, lá mesmo no escritório — ou gabinete, como diziam os de casa —, onde Cremilda o descobria a manusear livros.

Bem que o velho, já nem sei quantas vezes, tentara surpreender o elusivo visitante. Mas com a agilidade realmente própria de fantasma o moço se esvaía no ar, mal a porta se entreabria para um estranho. Sim, porque já agora as suas entrevistas com Cremilda se realizavam a portas fechadas. Eu me esqueci de contar antes essa particularidade: Armando passara a exigir que o gabinete ficasse trancado, a ferrolho, a fim de evitar-se a irrupção de intrusos.

III

PARECIA INCRÍVEL: A própria mãe, vidente antiga no ofício, não conseguia pôr os olhos em Armando, nem sequer espiando do jardim pela janela aberta! E ninguém podia discutir com o desencarnado. Ele ameaçara ir embora se o contrariassem e, aí sim, frustrava-se a missão. A melhor solução que encontraram foi entregar oficialmente a Cremilda a catequese de Armando, embora o pai se sentisse profundamente magoado com aquela prova mais que de ingratidão — de ignorância — de um dos seus irmãos do espaço. Cremilda devia explicar ao moço que ele desencarnara; que, com os sentidos perturbados pela morte violenta, não saíra ainda do choque e não se entendia morto. Provar-lhe que tudo no mundo é evolução e que ele deveria procurar elevar-se acima da materialidade terrena, para, quando novamente encarnasse, registrar progressos, e não tornar a morrer às mãos de um assassino. (Entre parênteses: gostaria ele de denunciar à Justiça o seu matador?) Dizer-lhe... bem, era impossível que a filha já não soubesse de cor tudo que é mister declarar a um espírito inquieto e perturbado. E Cremilda concordava e aceitava pacientemente o melindroso encargo; pai e mãe, contudo, abanavam a cabeça sem saber se a pobrezinha teria forças e luzes para tarefa tão alta:

— Qualquer objeção você nos consulta, ouviu, filhinha?

E em pouco só aquele cuidado ocupava a existência de Cremilda. Ia a tarde caindo, ela corria a se trancar no gabinete e, curioso, dava a impressão de que se preparava para uma visita de cerimônia, bem-vestida e bem pintada. E quando não se trancava no gabinete, ficava o tempo todo numa cisma. Sorria sozinha e, como o jardim agora andava lindíssimo (o velho, sua segunda paixão era a jardinagem), Cremilda enchia cestas de flores e enfeitava o gabinete como uma capela. Recusava-se a sair. Um vago namorado, seu pretendente há uns dois anos, foi despedido com rapidez. E, interpelada pela mãe, que desejava aquele casamento, Cremilda explicou:

— Armando é contra.

Isso de Armando ser contra um casamento com aquele moço benquisto e abastado, junto com o natural despeito por ter sido apeada da sua exclusividade de vidente, alertou a velha. Perguntou, talvez apenas por perguntar — parecia uma coisa tão louca!

— Será que Armando tem ciúmes?

E ficou de boca aberta quando a filha respondeu com naturalidade:

— Claro que tem.

— Mas... e então... — E a mãe não sabia o que dizer. — Mas então, minha filha, você não tem doutrinado o Armando? Tudo que seu pai lhe recomendou...

A mãe, desse passo em diante, deu para escutar à porta na hora das entrevistas. E o que ouvia — seria malícia sua ou será que coração de mãe adivinha? —, o pouco que percebeu a encheu de susto. Não se escutava som de preces, nem o monótono enfático da doutrinação; era apenas um murmúrio suave, cortado de largos silêncios. As vozes não se distinguiam, e isso era o que mais assustava. Só aquela espécie de zumbido — sim, um zumbido de amor. Pronto, disse a palavra: pois o que a velha farejou através da porta foi amor; conversa de namorados, sussurrada e passional.

Felizmente a mãe, com a sua tarimba de não sei quantos anos de vidência, conhecia os perigos decorrentes da interrupção de um colóquio mediúnico, fosse, embora, esse colóquio tão extraordinariamente antiortodoxo. Pois todos sabem que quando se interrompe bruscamente um transe o médium corre até perigo de vida. E, fosse qual fosse a singularidade do caso, não se poderia negar que Cremilda, ali, funcionava como médium.

Vários dias ficou a mãe sem saber o que fazer, contentando-se em espionar. E cada dia mais as suas suspeitas se transformavam em certezas. E não eram só os silêncios e ruídos que a alertavam: era a própria aparência da filha, que sempre deixava o gabinete feliz e afogueada, nem meio desalinho, e tão agitada que até parecia que tinha um pássaro esvoaçando dentro do peito, em lugar do coração.

Por fim o medo venceu; e a mãe contou ao velho. Ele a princípio não acreditava:

— Mas, a estas alturas, o trabalho de esclarecimento deve andar adiantado...

— E quem lhe diz que ela procura esclarecer o rapaz?

Essa objeção o deixou tonto. Realmente, era coisa nova a ideia da cumplicidade da filha. E ele correu aos livros. Havia exemplos, havia. Começando pelo folclore medieval e o célebre caso das freiras de Loudun...

Pôs-se Cremilda debaixo de confissão. Ela a princípio chorou, negou, mas acabou contando. Sim, era amor. Sim, ele já sabia que estava morto. E aí, a uma sugestão esperançosa do velho, a moça baixou a cabeça. Não, não era amor imaterial, de dois espíritos que se querem, acima dos liames da carne. Era amor mesmo.

— Escute, minha filha, se ele sabe que é um espírito e você ainda está presa à matéria, então não vê...

Cremilda baixou mais a cabeça, ficou mais vermelha ainda:

— Mas, papai, ele se materializa...

IV

Sim, armando se materializava. Isso o velho não previra. Arranjava o defunto um corpo de empréstimo — e tudo seria possível. Se uns fazem flores, e outros tocam música, e outros levantam pesos, por que este, materializando-se, não poderia amar?

Foram umas terríveis semanas dentro de casa aquelas que se seguiram à confissão. O velho, a princípio, tentou forçar a sua presença nos encontros. Cremilda opôs-se, ele usou da sua autoridade — e Armando não compareceu. Quatro dias o velho insistiu, invocou, orou, verberou — e Armando nada. Pai e mãe tomaram então uma resolução enérgica: interditaram a porta do gabinete.

Cremilda submeteu-se, mas suplicou um último encontro, "assim como a princesa Margaret com Towsend" — e, para surpresa de todos, desse encontro saiu tranquila e até consolada.

O velho voltou a promover sessões regulares, a invocar Armando, a pedir a ajuda dos seus guias. E Armando ausente. Cremilda assistia aos trabalhos com um meio sorriso nos lábios e ao velho parecia muitas vezes que aquele sorriso era zombaria.

Passaram-se dois meses, três. A moita de eu-e-tu crescia, intocada. Nada de gemidos nem gritos. Cremilda continuava a viver como num sonho, falando pouco com os de casa, mas não se interessava sequer por entrar no gabinete. O velho resolveu então considerar a tarefa cumprida: Armando partira, era evidente. Compreendera o seu estado real e o seu engano, saíra em procura de novos caminhos na sua marcha para a evolução. Podiam agora, ele e a família, devolver aos seus donos a casa liberta da alma penada.

Comunicada a Cremilda a decisão, a moça rompeu num pranto desesperado. Então eles não sabiam que Armando era preso àquela casa, que só ali se podia manifestar? Dentro daquelas paredes havia um fluido poderoso...

— Mas você não deixou de se avistar com ele? — insinuou a mãe.

O pranto de Cremilda redobrou — e ela confessou o resto. Nunca deixara de se avistar com Armando.

— Mas onde... Nem no gabinete, nas sessões...

Cremilda teve uma exclamação apaixonada. Ora as sessões! Diante das exigências do velho, Armando passou a visitá-la à noite, no quarto. Todas as noites, todas as noites.

— É como se fosse meu marido. E ele acha até que estamos esperando um filho.

Quando o amigo íntimo chegou para a visita diária, sentiu no ar a consternação e a perplexidade. E foram logo lhe contando tudo: que fazer, se o que ela dizia fosse mesmo verdade?

— Mas sendo Armando um espírito, apenas... — tentou consolar o amigo.

— É, mas ninguém sabe até que ponto ele se materializa!

— Sim, mas daí para um filho...

— Foi ele que disse a ela. Isso que nos preocupa. E não ela que imaginou. Ele não iria se enganar nesse ponto.

— Que é que o povo vai falar! — gemia a mãe. — Já basta o que dizem: que a gente é maluca, macumbeira! E agora isto.

O velho cortou de repente:

— Nós temos pensado na possibilidade de um casamento. Pelo menos perante nós coonestava tudo. Tentei falar com Armando, propor... Poderia eu próprio ser o oficiante. Assim como um comandante de navio em alto-mar...

A mãe se interpôs:

— Mas Armando não quis saber. Disse para Cremilda que tem horror a espiritismo. Por isso não se apresenta nunca aos pais dela, nem vai a sessões. Diz que nós somos fanáticos... E que casar, só no padre e no juiz...

— Mas como — e dessa vez era o pai quem gemia —, se ele não tem identidade civil! Nem documentos, pois os antigos, depois do óbito, evidentemente não servem mais...

E não saíam desse debate, enquanto Cremilda engordava. Não muito, escandalosamente, mas o fato é que já não era aquela delgada figura de três meses atrás. E padecia enjoos e tonturas, como seria de esperar do seu alegado estado. Apesar disso, dizia-se feliz. Não saía de casa, porque Armando era ciumento. Deixara de comer carne, porque Armando era — ou fora — vegetariano. Passou a ler livros franceses, mal sabendo o francês (Armando ensina!):

— É porque ele é louco por André Gide.

Pelos sofás rolava o seu tricô, na gaveta iam se empilhando os casaquinhos de lã, as camisas de pagão.

Certa noite — era pelas contas de Cremilda o sétimo mês —, o amigo, ao chegar, encontrou os apóstolos com ar ainda mais atormentado.

— Parece que vamos ter um prematuro.

Pela tarde, haviam começado as dores. Cremilda, sem escutar a mãe, fora deitar-se no divã do gabinete e exigira que a deixassem só: "Só com ele."

Os pais ficaram do lado de fora, cheios de angústia. A um gemido mais forte da moça a mãe não se conteve, entreabriu de leve a porta — e então sentiu que alguém a empurrava de dentro e corria o ferrolho.

Ah, a comprida noite de agonia, os gemidos que se entreouviam, os rumores abafados. O velho orava, de cabeça entre as mãos. A velha chorava, atirada numa poltrona.

Passou a meia-noite, veio a madrugada, os galos cantando. Afinal, pelas quatro horas, a voz de Cremilda chamou claramente a mãe.

Ergueram-se os dois velhos e chegaram tremulamente até a porta do gabinete: estava aberta. Entraram.

No divã, em desalinho, Cremilda repousava com ar exausto. No ar um cheiro vago de éter.

Afinal a mãe teve boca para perguntar:

— Você está bem, minha filha?

Ela acenou que sim.

— Sim, já estou bem.

— ... e ... e a criança?

Cremilda virou a cabeça e respondeu num murmúrio fatigado:

— Era um menino. Ele levou.

O velho, no terror e no espanto daquilo tudo, chegou mais perto, segurou o braço da filha:

— Levou? Mas como? Como é que ele podia levar uma criança?

— Mas nasceu morto, papai... Quero dizer... nasceu com a natureza do pai... sem carne, propriamente...

E, ditas essas palavras, ninguém teve coragem de lhe perguntar mais nada, porque, de rosto enterrado no travesseiro, Cremilda chorava e parecia mais cansada ainda.

Isabel

SEMPRE DIZIA QUE NÃO se casara por amizade: casara por "iludição". Para vestir vestido branco, ir ao Quixadá na garupa do cavalo, ser mulher casada, ter seus filhos, a sua cozinha, o seu terreiro.

Agora era aquela a sua vida. A casa isolada guardava a extrema da terra, numa capoeira deserta, na seca ribeira do Sitiá. No verão, ali, quase não há água, e a pouca que há tem piranha. A terra é pedregosa; aqui e além uns campestres bonitos de capim panasco — mas que adianta ao pobre a pastagem bonita? Pasto é para o gado, e o gado é do dono da terra. O marido ganhava uns vinténs no corte de lenha — e ela ia se arrastando entre a fadiga, a preguiça e os desgostos. Um roçado pequeno, quase no quintal da casa: era como roça de bugre; fazia-se com o caco da enxada um buraco do tamanho do covo da mão, atirava-se nele a semente, e o milho e o feijão iam crescendo como podiam, furando a terra dura, recobrindo os tocos mal queimados da coivara. Um pé de jerimum, um pé de melancia e, rodeando tudo, a ramada de garranchos, tão precária que as cabras das redondezas comiam mais do legume do que o dono do roçado.

Nos fundos da casa, o galinheiro velho — e já há dias a raposa carregara o galo, último sobrevivente de um terno de galinhas que Isabel deveria criar de meia com uma comadre. Do lado esquerdo o chiqueiro, onde ainda restava uma pouca de criação: duas cabras velhas e um cabritinho novo, que sempre berrava, aflito, no meio da noite.

E aquele balido do animal arrepiava ainda mais os nervos cansados de Isabel, que, de cócoras no canto da cozinha, com as lambadas do chiqueirador ainda lhe doendo nas costas, ia curtindo o seu pavor e o seu ódio, enquanto lá na camarinha escura o marido curtia a bebedeira, atirado no jirau de varas. Aquela "cama" — quatro forquilhas de palmo e meio de altura, dois caibros fazendo as barras e a estiva de varas servindo de enxerga — ela mesma a preparara com suas mãos, quando o filho estava para nascer. Era serviço de homem, sim, mas contava ela com homem? Naquelas varas duras, mal cobertas por uns trapos, penou durante todo o resguardo — o frustrado resguardo do menino morto, que nasceu já roxo, com o corpinho mole e nem sequer chorou. A vizinha, que a acudira, batizara a criança, assim mesmo morta — mas todos lhe diziam que um batizado desses não tinha virtude e era até pecado o que haviam feito. Agora, em vez de um anjo no céu que rezasse por ela, Isabel sabia que pusera apenas mais um pagão no limbo, sofrendo inocente pelo pecado original de que não pudera ser remido.

Lá na cozinha, onde estava, ouvia o roncar do marido; um ronco estertorado, aflitivo, que mais parecia o cirro de um moribundo. Ronco de bêbedo. O braço pendia da cama e a mão quase tocava, no chão, o chiqueirador de cabo de jucá, tendo na extremidade a longa fita de relho cru ensebado e cortante.

Isabel continuava de cócoras, sem ânimo de se erguer e armar a rede, sem ânimo de tirar a roupa e passar arnica pelas costas magoadas, como às vezes fazia. Mantinha-se quase imóvel, a cabeça encostada nos joelhos magros, a barra da saia tocando uma poça de água que pingara no alguidar rachado; e murmurava baixinho, num soluço trêmulo: "Desgraçado, desgraçado!"

Ali mesmo dormiu. E no sono parecia uma criança açoitada, que dorme ainda chorando. De vez em quando suspirava, estremecia, dava um soluço curto, e se encolhia mais ao canto da parede.

Igual àquela noite muitas noites houvera antes, muitas noites houve depois, Isabel ia ficando mais velha, mais magra, com um olhar estranho e escorraçado. Raramente punha uma toalha à cabeça e ia à casa da sua comadre, que ficava a meia légua de distância. E lá pouco falava, deixava-se ficar no canto da cozinha, assistindo à lida da outra, escutando a algazarra da criançada. Comia um bocado escasso, bebia um gole de café, tornava a pôr o pano à cabeça e voltava para o seu desterro. Mas não se queixava nunca, só aquele olhar fundo, vidrado, gritava mágoas; a boca de lábios finos quase não falava — mal dava um boa-tarde ou um bom-dia.

Certo sábado, era boquinha da noite quando o marido chegou em casa, tombando pela vereda. Trazia pendurada no dedo, por um cordão, a garrafa de querosene. Só por milagre não a quebrara.

— Tá aí o gás... Depois ainda se queixe...

Isabel foi encher a lamparina e consertar o pavio velho, aproveitando o resto de claridade do dia; e enquanto, junto à porta, acocorada segundo o seu costume, ela torcia entre os dedos a mecha de algodão, lá na cozinha o marido enfiava o quengo do coco no pote, em busca de água, e reclamava:

— Água salobra; essa peste nem coragem tem pra ir buscar água na cacimba do riacho... E o fogo apagado... isso não é mulher, é um castigo de Deus... Não tem um caroço de feijão pra se comer... não tem uma galinha no terreiro... não tem um canteiro com um pé de coentro pra remédio... não me remenda uma roupa... não costura, não faz renda, não planta nada, não cria nada...

Isabel entrara segurando a lamparina, e procurava uma caixa de fósforo no caritó da parede da sala, debaixo da estampa de são Sebastião.

O marido foi de mansinho, apanhou atrás da porta o chiqueirador, instrumento da sua justiça; esperou que Isabel riscasse o fósforo, pendurasse a lamparina no prego, de onde um cone preto de fuligem subia até a palha do teto. E habilmente, com um virtuosismo de domador, enrolou a mulher com o relho, que sibilou no ar, com um silvo de cobra. Isabel deu um grito, correu em direção à porta — mas três vezes o relho ainda a apanhou durante a fuga.

O marido não a perseguiu, viu-a atravessar o terreiro, esconder-se na moita de mofumbo, que ainda estava florida e cheirosa em pleno mês de julho. Ficou encostado ao portal com o açoite na mão, resmungando coisas, com um riso mau; depois recuou uns passos, fechou a porta, desceu a taramela e falou satisfeito:

— Vai dormir no mato, cachorra... vai dormir com as jararacas, tuas parceiras...

E atirou-se à rede que lá estava, a um canto — pois Isabel já não se dava o trabalho de a desarmar pela manhã. E o homem dormiu, sem sequer retirar as alpercatas, sem desapertar o cinturão.

Alta noite, saiu Isabel da moita onde se abrigara. Seriam mais de dez horas talvez; uma lua tardia já se erguera no céu limpo.

Caminhou até a porta da frente, empurrou-a: trancada. Rodeou a casa, entrou pela cozinha, que ele não se lembrara de fechar. Foi direto à sala: lá estava ele dormindo, bem estirado de seu, dono da rede, a boca aberta, o fartum de cachaça ao redor. Esteve algum tempo a olhar a criatura. Depois se dirigiu ao quarto, apanhou o balaio onde guardava a roupa velha e os remendos. Tirou uma agulha grossa, um fio forte — bem comprido, de mais de braça.

Devagarinho — tão devagar, tão silenciosa, que parecia até mais lenta e mais calada do que a sua grande sombra projetada pela luz da lamparina na parede de barro — chegou junto à rede. O adormecido deitara-se de través, com os pés meio de fora. Isabel, com a mão tão leve quanto a da mãe que muda a posição do filhinho adormecido, soergueu os pés do marido e os colocou dentro da rede. Depois, ele próprio a ajudou — talvez inconscientemente estimulado pelo gesto dela; virou-se, emborcou a cara contra o pano e ficou deitado a fio comprido, a cabeça mais embaixo, os pés pertinho do punho. Era uma rede grande, listada de vermelho e verde, que comportava bem todo o corpo do homem; e, como o espaço entre os dois armadores era pequeno, ela ficava baixinha, arrastando pelo chão a varanda rala de crochê.

Isabel tirou a agulha que enfiara no peito do casaco. E rapidamente costurou uma contra a outra, as duas beiradas da rede, do punho direito ao esquerdo, envolvendo, prendendo o homem no cartucho de pano, como um bicho-da-seda no seu casulo. Depois foi ao terreiro dos fundos e veio rolando o pilão, cozinha adentro, atravessou com ele a sala, rolou-o mais um pouco até debaixo da rede, e o pôs, como um cepo, sob a cabeça do marido — que não deixara de roncar.

Deu nova viagem à cozinha, trouxe a mão de pilão, pesada, feita de aroeira rija. E lentamente, com a mesma força cadenciada com que pilava o milho, malhou a cabeça que a rede envolvia e o pilão amparava por baixo. A primeira pancada talvez não acertasse em cheio — e o homem estrebuchou, sacudindo-se com força na prisão de pano. Mas aos poucos foi ficando imóvel, e a mão de pilão descia sempre, provocando, ao cair, um ruído surdo de coisa quebrada, como uma cuia que se esmaga.

Isabel continuou batendo, batendo ritmicamente, até perder a força no braço. Aí descansou a mão de pilão, foi à camarinha, juntou alguns panos numa trouxa, cobriu a cabeça; atravessou a cozinha e, já do lado de fora, cerrou a porta perra, que quase nunca se fechava, abriu o chiqueiro da criação, para que as cabras não morressem de fome e sede, e sumiu-se no caminho que se perdia caatinga adentro.

Quando levantou urubu na casa, foi que os vizinhos descobriram o morto. Já fazia tantos dias, o estrago fora tão grande que, se o identificaram, foi porque o sabiam morador daquela casa; e, ademais, num dos pés, ainda calçados na alpercata, uma velha vizinha reconheceu o coto amputado de um dedo comido de piranha — acidente sofrido por ele em criança e que ela própria benzera para não arruinar.

Enterraram-no ali mesmo no terreiro, com rede e tudo; em cima puseram uma cruz — e o lugar ficou mal-assombrado.

Quanto a Isabel, não se soube dela. Alguns pretendem que caminhou até o açude de Cedro, distante de lá três léguas, e se atirou do paredão abaixo. A comadre por sua vez recordava que a ouvira falar certo dia na vontade que tinha de fugir, arranjar uma passagem de trem com uma alma caridosa e ir pedir esmolas bem longe, na estação de Baturité, por exemplo.

De qualquer forma, afogada ou mendiga, nunca mais ninguém a viu.

O jogador de sinuca

QUEM NÃO TEM fascinação por Minas Gerais, suas cidades históricas, o mistério de suas velhas igrejas, os milagres do Bom Jesus de Congonhas?

Mas aqui se vai falar acerca de alguém que nem é santo de pedra-sabão nem querubim banhado a ouro, mas criatura como nós, jogador de sinuca na cidade de Conselheiro Lafaiete, Minas Gerais.

E entre parênteses façamos um pequeno louvor ao nobre jogo de sinuca, que justamente me foi revelado pelo jogador herói desta história, num meio-dia de sol quente, à sombra do salão do Bar Campestre, na dita cidade de Lafaiete.

Vínhamos nós comendo légua e paisagem desde Juiz de Fora e paramos à porta do bar de nome tão convidativo em busca de um refrigerante. Na rua ficara o jipe (então novidade), empoeirado e de ar diligente, sofrendo uma vistoria minuciosa por parte de uma dúzia de moleques.

O bar tinha tudo, ou quase tudo: cerveja gelada e telefone para o Rio, pastéis de carne de porco e duas mesas de sinuca novas em folha, com todos os seus acessórios.

Ao chegarmos estavam ambas as mesas vazias. Porém, mal nos sentáramos diante da cerveja e dos pastéis, entram salão adentro dois aficionados, combinando uma partida.

O primeiro deles era um moço alto, cara de menino, fala baixa e terno tropical cinza à moda do tempo, as calças à altura do estômago. Apesar dessas demasias de janota, dava uma impressão de timidez, quase de *gaucherie*, que fazia a gente sentir vontade de lhe rogar que não se atirasse com tanta inocência às goelas do leão.

E o leão era o outro: de pequeno só tinha o tamanho, as mãos e os pés. No mais era gigante — nos passos, na prosápia, na cabeleira preta ondulada, no perfil de indígena americano, na voz grave e arrogante, nos sapatos cor de abóbora com solas de borracha.

Já da porta, desabotoava o jaquetão azul-marinho, como um magarefe ansioso de dar serviço à musculatura, embora musculatura não tivesse, malgrado a sugestão de Hércules que passava aos outros — Hércules magro e miúdo.

Tirando o casaco todo, exibiu a camisa de seda amarela, os suspensórios transparentes de matéria plástica, o cinturão idem; e não só essas utilidades brilhantes e inofensivas exibia, como também um revólver de verdade, metido num coldre de couro estampado, e de cano tão comprido que lhe descia quadril abaixo, quase até a coxa. Posto em mangas de camisa, atravessou a sala, desafivelou o cinturão, retirou a arma e a depositou na caixa.

Nesse gesto, como em tudo, nunca vi ninguém produzir tal impressão de eficiência. E então o cerimonial com que iniciou o jogo — a carteira de cigarros e os fósforos equilibrados à borda da mesa; as mangas da camisa magistralmente arregaçadas; o primeiro cigarro aceso com lentidão e os anéis regulares de fumaça que subiram para o forro; depois a escolha dos tacos: media-os, apalpava-os, tateava-lhes as pontas com a polpa dos dedos — só os faltava lamber. Em tudo traía o profissional ou, no mínimo, um campeão de amadores. Chegava a ser um massacre premeditado a escolha do parceiro, que, do outro lado da mesa, parecia encolher-se, depois de apanhar ao acaso um taco qualquer e o esfregar automaticamente no giz, sem tirar os olhos dos preparativos infernais do contendor.

Bem, claro que já se adivinhou o desenlace do caso: o campeão, o famanaz, acabou apanhando como um judas de capim.

Apanhou de tal jeito que, na primeira partida, não fez um ponto, na segunda nenhum também, e a terceira, abandonou-a no meio, quando o escore já estava em 49 a 0.

Contudo, esta história não mereceria ser contada se não fora a atitude da criatura no decorrer daquelas três partidas. Era um fenômeno, era um teatro, era o príncipe Hamlet da Dinamarca exibindo paixões e desdéns.

Do começo jogava a bem-dizer com severidade, disposto a dar uma lição de sinuca clássica ao atrevido rapazelho que, embora o ultrapassasse quase meio metro em altura — tal a força moral do adversário —, parecia por isso mesmo ainda mais fedelho e desamparádo.

E toda vez em que o garoto, prudente, encestava a sua bola vermelha, marcando um triste ponto, ele dizia alto: "Sorte, hein, menino!"

Que ele só se passava para as bolas de cinco pontos para cima — a azul, a cor-de-rosa, a preta. E falhava, infalivelmente. Parecia um sortilégio: o homem ensaiava as jogadas mais sensacionais; fazia cálculos, dormindo na pontaria, punha o taco vertical, horizontal e oblíquo; punha-o às costas, jogando com os braços para trás; dava a tacada com a mão esquerda, com os olhos fechados, com os olhos abertos. E, fosse de que jeito fosse, o resultado era sempre este: zero. Aliás, não só zero, porque era também menos que zero — sete, cinco, três pontos a menos, inúmeras vezes. Nem também lhe valia o jogar normal — o escore não variava nunca a seu favor. E pelo meio da primeira partida, já a mais dos 40 a 0, o herói começou a se enfezar. Fumava incendiariamente e uma nuvem de fumo o envolvia como a Jeová no alto do monte.

Xingava o taco, o pano e as bolas, explicava ao público assistente que na véspera surrara em cinco partidas consecutivas um sujeito que tinha a fama de campeão em Barbacena — nem empate tinha havido. Agora era aquela sorte mesquinha...

Pegou então do taco, que lhe chegara a vez, apontou modestamente para a bola marrom (só quatro pontos) e o que conseguiu foi meter a própria bola branca no buraco.

Aí, não só nós, por trás dos nossos óculos escuros, como inclusive o homem da caixa, atrás da registradora, soltamos um risinho irreprimível.

O grande jogador nos encarou de fito, como se fosse reagir; mas decerto leu nos nossos olhos a covardia e o arrependimento e resolveu nos desprezar, como nos desprezou efetivamente.

E continuou sem dar uma dentro, enquanto o menino das calças altas ia encestando de uma em uma, até que engoliu a preta, a última.

Da segunda partida em diante a gente só sentia uma vontade: levantar, chegar à mesa de sinuca e convidar o herói para ser nosso inimigo, figadal e por toda a vida.

Desvairado, de orgulho ferido, o homem parecia um vulcão querendo explodir, papocando as crostas de lama seca, ploc-ploc, e deitando fumaça venenosa. Que miséria esta fraca pena ser incapaz de descrever espetáculo tão singular, embora repulsivo!

De repente, parece que o atacou um acesso de masoquismo, porque ele arrancou o giz do parceiro, que até então vinha fazendo as marcações no quadro, e passou a registrar as próprias derrotas. Menos dez para si, mais quatorze para o outro, era de mal a pior, só variava para aumentar. Se arranjava um pontinho, logo o perdia numa jogada atrevida e o outro, como sempre, de grão em grão ia encestando.

Começada a terceira partida, o ambiente já ficara dramático. Da porta, um moleque de "sereno" arriscou um assobio. O homem do bar pôs-se a abrir e a fechar as gavetas da registradora, assanhando campainhas nervosas. E até o mocinho, parceiro do herói, começava a descontrolar-se — tanto que, em vez de jogar na bola amarela, que era a da vez, jogou na azul — e acertou. Acertou em seguida a saltada amarela, depois a verde, e só foi errar na marrom.

Então o herói pegou do taco como se empunhasse uma lança de guerra; afiou-o no giz, cuspiu no dedo, fechou um olho, fez pontaria na bola preta, que era a sua favorita e, pela segunda vez, suicidou-se, atirando a bola branca no buraco.

Um silêncio de mau agouro nos envolveu; ele cuspiu no ladrilho e correu o olhar desvairado pela assistência. Depois, no seu passo forte, encaminhou-se à caixa e pediu o revólver.

O adversário, muito branco, apagava na lousa os últimos sete pontos que o parceiro perdera, como se quisesse considerar o dito por não dito.

Mas o herói dava-lhe as costas. Lentamente enfiou o coldre com a arma no seu cinturão de plástico. Depois se dirigiu ao cabide, de olhar sombrio, enfiou a manga da mão direita, errou a esquerda, enquanto todos o contemplávamos fascinados; por fim, saiu para o sol da rua, pisando duro, sem se despedir de ninguém, como um conquistador.

Tangerine-Girl

DE PRINCÍPIO A INTERESSOU o nome da aeronave: não "zepelim" nem dirigível, ou qualquer outra coisa antiquada; o grande fuso de metal brilhante chamava-se modernissimamente *blimp*. Pequeno como um brinquedo, independente, amável. A algumas centenas de metros da sua casa ficava a base aérea dos soldados americanos e o poste de amarração dos dirigíveis. E de vez em quando eles deixavam o poste e davam uma volta, como pássaros mansos que abandonassem o poleiro num ensaio de voo. Assim, de começo, aos olhos da menina, o *blimp* existia como uma coisa em si — como um animal de vida própria; fascinava-a como prodígio mecânico que era, e principalmente ela o achava lindo, todo feito de prata, igual a uma joia, librando-se majestosamente pouco abaixo das nuvens. Tinha coisas de ídolo, evocava-lhe um pouco o gênio escravo de Aladim. Não pensara nunca em entrar nele; não pensara sequer que pudesse alguém andar dentro dele. Ninguém pensa em cavalgar uma águia, nadar nas costas de um golfinho; e, no entanto, o olhar fascinado acompanha tanto quanto pode águia e golfinho, numa admiração gratuita — pois parece que é mesmo uma das virtudes da beleza essa renúncia de nós próprios que nos impõe, em troca de sua contemplação pura e simples.

Os olhos da menina prendiam-se, portanto, ao *blimp* sem nenhum desejo particular, sem a sombra de uma reivindicação. Verdade que via lá dentro umas cabecinhas espiando, mas tão minúsculas que não davam impressão de realidade — faziam parte da pintura, eram elemento decorativo, obrigatório como as grandes letras pretas *U.S. Navy* gravadas no bojo de prata. Ou talvez lembrassem aqueles perfis recortados em folha que fazem de chofer nos automóveis de brinquedo.

O seu primeiro contato com a tripulação do dirigível começou de maneira puramente ocasional. Acabara o café da manhã; a menina tirara a mesa e fora à porta que dá para o laranjal, sacudir da toalha as migalhas de pão. Lá de cima um tripulante avistou aquele pano branco tremulando entre as árvores espalhadas e a areia, e o seu coração solitário comoveu-se. Vivia naquela base como um frade no seu convento — sozinho entre soldados e exortações patrióticas. E ali estava, juntinho ao oitão da casa de telhado vermelho, sacudindo um pano entre a mancha verde das laranjeiras, uma mocinha de cabelo ruivo. O marinheiro agitou-se todo com aquele adeus. Várias vezes já sobrevoara aquela casa, vira gente embaixo entrando e saindo; e pensara quão distantes uns dos outros vivem os homens, quão indiferentes passam entre si, cada um trancado na sua vida. Ele estava voando por cima das pessoas, vendo-as, espiando-as, e, se algumas erguiam os olhos, nenhuma pensava no navegador que ia dentro; queriam só ver a beleza prateada vogando pelo céu.

Mas agora aquela menina tinha para ele um pensamento, agitava no ar um pano, como uma bandeira; decerto era bonita — o sol lhe tirava fulgurações de fogo do cabelo, e a silhueta esguia se recortava claramente no fundo verde e areia. Seu coração atirou-se para a menina num grande impulso agradecido; debruçou-se à janela, agitou os braços, gritou: "Amigo!, amigo!" — embora soubesse que o vento, a distância, o ruído do motor não deixariam ouvir-se nada. Ficou incerto se ela lhe vira os gestos e quis lhe corresponder de modo mais tangível. Gostaria de lhe atirar uma flor, uma oferenda. Mas que podia haver dentro de um dirigível da Marinha que servisse para ser oferecido a uma pequena? O objeto mais delicado que encontrou foi uma grande caneca de louça branca, pesada como uma bala de canhão, na qual em breve lhe iriam servir o café. E foi aquela caneca que o navegante atirou; atirou, não: deixou cair a uma distância prudente da figurinha iluminada, lá embaixo; deixou-a cair num gesto delicado, procurando abrandar a força da gravidade, a fim de que o objeto não chegasse sibilante como um projetil, mas suavemente, como uma dádiva.

A menina que sacudia a toalha erguera realmente os olhos ao ouvir o motor do *blimp*. Viu os braços do rapaz se agitarem lá em cima. Depois viu aquela coisa branca fender o ar e cair na areia; teve um susto, pensou numa brincadeira de mau gosto — uma pilhéria rude de soldado estrangeiro. Mas quando viu a caneca branca pousada no chão, intacta, teve uma confusa intuição do impulso que a mandara; apanhou-a, leu gravadas no fundo as mesmas letras que havia no corpo do dirigível: *U.S. Navy*. Enquanto isso, o *blimp*, em lugar de ir para longe, dava mais uma volta lenta sobre a casa e o pomar. Então a mocinha tornou a erguer os olhos e, deliberadamente dessa vez, acenou com a toalha, sorrindo e agitando a cabeça. O *blimp* fez mais duas voltas e lentamente se afastou — e a menina teve a impressão de que ele levava saudades. Lá de cima, o tripulante pensava também — não em saudades, que ele não sabia português, mas em qualquer coisa pungente e doce, porque, apesar de não falar nossa língua, soldado americano também tem coração.

Foi assim que se estabeleceu aquele rito matinal. Diariamente passava o *blimp* e diariamente a menina o esperava; não mais levou a toalha branca, e às vezes nem sequer agitava os braços: deixava-se estar imóvel, mancha clara na terra banhada de sol. Era uma espécie de namoro de gavião com gazela: ele, fero soldado cortando os ares; ela, pequena, medrosa, lá embaixo, vendo-o passar com os olhos fascinados. Já agora, os presentes, trazidos de propósito da base, não eram mais a grosseira caneca improvisada; caíam do céu números da *Life* e da *Time*, um gorro de marinheiro e, certo dia, o tripulante tirou do bolso o seu lenço de seda vegetal perfumado com essência sintética de violetas. O lenço abriu-se no ar e veio voando como um papagaio de papel; ficou preso afinal nos ramos de um cajueiro, e muito trabalho custou à pequena arrancá-lo de lá com a vara de apanhar cajus; assim mesmo ainda o rasgou um pouco, bem no meio.

Mas de todos os presentes o que mais lhe agradava era ainda o primeiro: a pesada caneca de pó de pedra. Pusera-a no seu quarto, em cima da banca de escrever. A princípio cuidara em usá-la na mesa, às refeições, mas se arreceou da zombaria dos irmãos. Ficou guardando nela os lápis e canetas. Um dia teve ideia melhor e a caneca de louça passou a servir de vaso de flores. Um galho de manacá, um bogari, um jasmim-do-cabo, uma rosa menina, pois no jardim rústico da casa de campo não havia rosas importantes nem flores caras.

Pôs-se a estudar com mais afinco o seu livro de conversação inglesa; quando ia ao cinema, prestava uma atenção intensa aos diálogos, a fim de lhes apanhar não só o sentido, mas a pronúncia. Emprestava ao seu marinheiro as figuras de todos os galãs que via na tela, e sucessivamente ele era Clark Gable, Robert Taylor ou Cary Grant. Ou era louro feito um mocinho que morria numa batalha naval do Pacífico, cujo nome a fita não dava; chegava até a ser, às vezes, careteiro e risonho como Red Skelton. Porque ela era um pouco míope, mal o vislumbrava, olhando-o do chão: via um recorte de cabeça, uns braços se agitando; e, conforme a direção dos raios do sol, parecia-lhe que ele tinha o cabelo louro ou escuro.

Não lhe ocorria que não pudesse ser sempre o mesmo marinheiro. E, na verdade, os tripulantes se revezariam diariamente: uns ficavam de folga e iam passear na cidade com as pequenas que por lá arranjavam; outros iam embora de vez para a África, para a Itália. No posto de dirigíveis criava-se aquela tradição da menina do laranjal. Os marinheiros puseram-lhe o apelido de *"Tangerine-Girl"*. Talvez por causa do filme de Dorothy Lamour, pois Dorothy Lamour é, para todas as forças armadas norte-americanas, o modelo do que devem ser as moças morenas da América do Sul e das ilhas do Pacífico. Talvez porque ela os esperava sempre entre as laranjeiras. E talvez porque o cabelo ruivo da pequena, quando brilhava à luz da manhã, tinha um brilho acobreado de tangerina madura. Um a um, sucessivamente, como um bem de todos, partilhavam eles o namoro com a garota Tangerine. O piloto da aeronave dava voltas, obediente, voando o mais baixo que lhe permitiam os regulamentos, enquanto o outro, da janelinha, olhava e dava adeus.

Não sei por que custou tanto a ocorrer aos rapazes a ideia de atirar um bilhete. Talvez pensassem que ela não os entenderia. Já fazia mais de um mês que sobrevoavam a casa, quando afinal o primeiro bilhete caiu; fora escrito sobre uma cara rosada de rapariga na capa de uma revista: laboriosamente, em letras de imprensa, com os rudimentos de português que haviam aprendido da boca das pequenas, na cidade: *"Dear Tangerine-Girl. Please* você vem hoje *(today)* base X. *Dancing, show.* Oito horas P.M."* E no outro ângulo da revista, em enormes letras, o "Amigo", que é a palavra de passe dos americanos entre nós. A pequena não atinou bem com aquele *Tangerine-Girl.* Seria ela? Sim, decerto... e aceitou o apelido, como uma lisonja. Depois pensou que as duas letras do fim, "P.M.", seriam uma assinatura. Peter, Paul, ou Patsy, como o ajudante de Nick Carter? Mas uma lembrança de estudo lhe ocorreu: consultou as páginas finais do dicionário, que tratam de abreviaturas, e verificou, levemente decepcionada, que aquelas letras queriam dizer "a hora depois do meio-dia".

Não pudera acenar uma resposta porque só vira o bilhete ao abrir a revista, depois que o *blimp* se afastou. E estimou que assim o fosse: sentia-se tremendamente assustada e tímida ante aquela primeira aproximação com o seu aeronauta. Hoje veria se ele era alto e belo, louro ou moreno. Pensou em se esconder por trás das colunas do portão, para o ver chegar — e não lhe falar nada. Ou talvez tivesse coragem maior e desse a ele a sua mão; juntos caminhariam até a base, depois dançariam um fox langoroso, ele lhe faria ao ouvido declarações de amor em inglês, encostando a face queimada de sol ao seu cabelo. Não pensou se o pessoal de casa lhe deixaria aceitar o convite. Tudo se ia passando como num sonho — e como num sonho se resolveria, sem lutas nem empecilhos.

Muito antes do escurecer, já estava penteada, vestida.

Seu coração batia, batia inseguro, a cabeça doía um pouco, o rosto estava em brasas. Resolveu não mostrar o convite a ninguém; não iria ao show; não dançaria, conversaria um pouco com ele no portão. Ensaiava frases em inglês e preparava o ouvido para as doces palavras na língua estranha. Às sete horas ligou o rádio e ficou escutando languidamente o programa de *swings*. Um irmão passou, fez troça do vestido bonito, naquela hora, e ela nem o ouviu. Às sete e meia já estava na varanda, com o olho no portão e na estrada. Às dez para as oito, noite fechada já há muito, acendeu a pequena lâmpada que alumiava o portão e saiu para o jardim. E às oito em ponto ouviu risadas e tropel de passos na estrada, aproximando-se.

Com um recuo assustado verificou que não vinha apenas o seu marinheiro enamorado, mas um bando ruidoso deles. Viu-os aproximarem-se, trêmula. Eles a avistaram, cercaram o portão — até parecia manobra militar —, tiraram os gorros e foram se apresentando numa algazarra jovial.

E, de repente, mal lhes foi ouvindo os nomes, correndo os olhos pelas caras imberbes, pelo sorriso esportivo e juvenil dos rapazes, fitando-os de um em um, procurando entre eles o seu príncipe sonhado — ela compreendeu tudo. Não existia o seu marinheiro apaixonado — nunca fora ele mais do que um mito do seu coração. Jamais houvera um único, jamais "ele" fora o mesmo. Talvez nem sequer o próprio *blimp* fosse o mesmo...

Que vergonha, meu Deus! Dera adeus a tanta gente; traída por uma aparência enganosa, mandara diariamente a tantos rapazes diversos as mais doces mensagens do seu coração, e no sorriso deles, nas palavras cordiais que dirigiam à namorada coletiva, à pequena *Tangerine-Girl*, que já era uma instituição da base — só viu escárnio, familiaridade insolente... Decerto pensavam que ela era também uma dessas pequenas que namoram os marinheiros de passagem, quem quer que seja... decerto pensavam... Meu Deus do Céu!

Os moços, por causa da meia escuridão, ou porque não cuidavam naquelas nuanças psicológicas, não atentaram na expressão de mágoa e susto que confrangia o rostinho redondo da amiguinha. E, quando um deles, curvando-se, lhe ofereceu o braço, viu-a com surpresa recuar, balbuciando timidamente:

— Desculpem... houve engano... um engano...

E os rapazes compreenderam ainda menos quando a viram fugir, a princípio lentamente, depois numa carreira cega. Nem desconfiaram que ela fugira a trancar-se no quarto e, mordendo o travesseiro, chorou as lágrimas mais amargas e mais quentes que tinha nos olhos.

Nunca mais a viram no laranjal; embora insistissem em atirar presentes, viam que eles ficavam no chão, esquecidos — ou às vezes eram apanhados pelos moleques do sítio.

A presença do Leviatã

> "Amaldiçoem-na aqueles que
> amaldiçoam o dia e os que estão
> prontos a suscitar o Leviatã."
>
> (Jó, III, 8)

É O LEVIATÃ ANIMAL imenso e horrendo. Tem "o corpo como escudos fundidos, apinhado de escamas que se apertam. Uma está unida à outra, de sorte que nem um assopro passa entre elas. O seu espirro é resplendor de fogo e os seus olhos como as pestanas da aurora. Da sua boca saem umas lâmpadas como tochas de fogo acesas. Dos seus narizes sai fumo, como o de uma panela incendida que ferve. No seu pescoço fará assento uma fortaleza e adiante dele vai a fome. Os raios do sol estarão debaixo dele e ele andará por cima do ouro como por cima do lodo. Fará ferver o fundo do mar como uma caldeira. A luz brilhará sobre as suas pegadas. Não há poder sobre a terra que se lhe compare, pois foi feito para que não temesse nenhum. Todo o alto o vê. ELE É O REI DOS FILHOS DA SOBERBA".

Isso diz o *Livro de Jó,* XLI, 6, 7, 9-11, 13, 21-25.

E sendo o Leviatã besta assim medonha e inominável, os homens na sua ignorância o identificaram com o crocodilo, com o hipopótamo, com a baleia; os hebreus também lhe davam o nome de Behemot. E hoje há quem o veja nas máquinas de guerra modernas, que também têm escamas de aço e deitam fumo e fogo e são igualmente imensas e pavorosas. Mas baleia e crocodilo, e hipopótamo e tanques lança-chamas são apenas forças brutas; deles difere o Leviatã pela sua influência inteligente, sutil e maléfica. Sempre próximo dos homens, rápido aparece mal o invocam, e logo os subjuga e escraviza. Anda de dia e anda de noite. Serve-se do mal e serve-se do bem. Tanto usa o coração como as entranhas do homem, o seu sono como o seu despertar, o seu estado de sóbrio como de ébrio.

Por acaso sentis de repente uma tristeza na alma, uma agonia sem definição e sem causa, um desejo de morte ou uma sensação de culpa, sem pecado nem dor atual que justifiquem essa angústia? Não procureis a causa na psicanálise ou na medicina. O que passou sobre vós está acima do vosso entendimento e dos vossos remédios: fostes roçados pelo sopro fétido do Leviatã, "cujo hálito faz incendiar carvões e de cuja boca sai chama".

No silêncio e na insônia da noite, sentis a tentação de pecados cujo desejo o vosso coração jamais provara antes, sentis um apetite de degradação e de mal; ou, se dormis, vos afundais em sonhos pegajosos, como se vos sovertesse a lama do fundo do mar, que jamais viu luz do sol? Aí, essa lama e esse escuro são o espírito do Leviatã, atraído pela fraqueza da vossa mente insone ou do vosso corpo adormecido.

Cruzais a rua e por vós passa uma mulher vestida de veludo e coisas lustrosas. Ela é moça, mas algo lhe devorou a mocidade; os seus cabelos são castanhos, castanhos os olhos de reflexos verdes, verde e castanho o vestido e o calçado — tudo castanho e verde, que são cores demoníacas. A mulher vos sorri com a larga boca, mostra os dentes vorazes e vós tremeis de medo, inexplicavelmente, só de vê-la, só de passar por ela. Com razão tremeis, e toda vez que tornardes a ver essa mulher lembrai-vos de que talvez não seja uma bruxa, mas é com toda a certeza uma filha natural do Leviatã.

Andamos descuidosos entre as criaturas e nem sabemos quantas delas serão fruto dos imundos amores do Leviatã. A eles alude o Livro, nestas palavras: "Pereça o dia em que foram nascidos e a noite em que se disse: foi concebido um homem." Aquele polícia que se compraz em pisotear velhos e mulheres, aquele doutor que, no mistério do seu consultório, por um pouco de dinheiro arranca crianças nonatas do ventre de suas mães, aquele envenenador que transforma em comida da morte o que devia ser sustento do corpo; os vorazes, os ambiciosos, os frívolos, os perversos, os sujos — são todos filhos da Soberba, são descendência do Leviatã. Mas os pobres loucos — os que se supõem reis e os que se supõem criminosos, os que choram sem causa, os que sem motivo bradam e uivam dentro da noite, os que se despem, os que maltratam o próprio corpo querendo remir pecados imaginários, os que não concedem a si mesmos sono e descanso —, esses não são os filhos, são pelo contrário as vítimas, os possessos do Leviatã.

E, junto com os suicidas e os bêbedos, debalde se rebelam e lutam contra ele; não poderão libertar-se, pois "porventura poderás tirar com anzol o Leviatã e ligarás sua língua com uma corda?" (Jó, XL, 2).

Era uma vez um grupo de amigos, homens normais e virtuosos, que se entretinham com o seu trabalho ou em encontros amenos, onde discorriam da alma e da inteligência, de filosofia, de política e de artes. Mas certa noite morna de dezembro, em que estavam reunidos, cometeram a inconcebível loucura de suscitar a presença do Leviatã. Foi como se sobre eles descesse "aquela noite de profunda escuridão e tenebroso redemoinho, noite solitária que não se conta entre os dias do ano, nem se numera entre os meses". (Jó, III, 5, 6, 7) O monstro acorreu, solícito, cobrindo-os com as suas asas de morcego. E os homens buscaram espíritos violentos e se embriagaram. Rasgaram as vestes, perderam o pejo e a medida, e não só clamavam aos brados os seus pecados mais secretos, orgulhando-se deles, como os cometiam à solta, sem que a luz do dia ou o temor dos olhos alheios os contivesse. Os que possuíam esposa traíam-na com amantes; os que não tinham esposa cobiçavam a mulher dos que a tinham; os casais unidos se abandonavam sem razão aparente; amigos fiéis de velhos anos, amigos de infância, se injuriavam e batiam na face uns dos outros. E todos eles choravam em público, expunham o seu peito nu, rolavam de borco pelas calçadas, a exemplo do Poeta, no dia em que também o arrastou o Leviatã.

E quando findou aquele período de encantação diabólica e os amigos despertaram e encontraram suas vestes rotas, o rosto e o corpo cheios de manchas roxas, a cabeça ainda dolorida dos vapores com que se embriagaram, as esposas chorosas e apavoradas, pareceu-lhes despertar de um pesadelo. Disseram os entendidos que os salvou a forte influência benéfica do Ano-novo. Sei que esses homens ainda hoje baixam os olhos e sorriem trêmulos quando recordam aquele fatal fim de ano, e se afundam mais de rijo nas suas ocupações inocentes e entretenimentos pacíficos. Contudo, em tempo nenhum jamais se afastará a lembrança dos dias em que estiveram possuídos pelo Leviatã.

O telefone

Festa com foguete, discurso e banda de música marcou a inauguração da Companhia Telefônica na cidade de Aroeiras. Se bem não fosse grande a rede e poucos os aparelhos instalados, mais ou menos uma dúzia. Os telefones oficiais eram o da delegacia, o da estação do trem, o da Câmara e o da casa do juiz; e, entre os particulares, havia dois especialmente importantes, que uniam pelo fio elétrico o casarão do major Francisco Leandro, chefe do partido marreta, com o sobrado do coronel Benvindo Assunção, chefe rabelista, ricaço, com loja grande no térreo, de onde lhe vinha a fortuna.

E, tanto numa casa como na outra, a presença do telefone, suscitando a possibilidade de uma comunicação impossível, criava uma tensão perigosa.

Imagine-se que já há umas duas gerações aquelas famílias não se falavam, a não ser em hora de briga. Em perto de cinquenta anos, o mais que um Assunção ouvia de um Leandro, eram frases assim: "Se prepare pra morrer, cabra!" ou: "Essa eleição foi roubada!" ou ainda: "Se é homem, puxe a arma."

Também nessas horas de arrebatamento, diziam outras coisas, dessas que os jornais chamam de "termos de baixo calão".

Houve igualmente uma frase dita por um Leandro a um Assunção e que ficou célebre: na famosa briga do adro da matriz, quando Carlinho Leandro baleou de morte o moço Donato Assunção, a bela Sinhá Leandro, mulher de Carlinho, que saía da missa atrás do marido, ajoelhou-se ao pé do moribundo, disse: "Jesus seja contigo", e depois lhe cerrou os olhos. Aí, Carlinho quis matar Sinhá no sufragante, achando que aquele "Jesus seja contigo" já era começo de adultério. Sinhá saiu correndo e gritando através da praça e se asilou em casa de um irmão; e desse caso nasceu uma briga subsidiária, que felizmente não rendeu muito. Pois Sinhá, que estava grávida, morreu de mau sucesso; e o irmão, pegou-o a febre amarela, numa viagem que fez ao Rio de Janeiro.

Um Assunção, para um Leandro, era assim uma ideia proibida, imagem proibida, palavra proibida. Nas melhores fases de tréguas, quando um Assunção ia pela calçada e avistava um Leandro, dobrava a primeira esquina ou, na falta de esquina, tomava ostensivamente a calçada oposta. Ainda uns poucos meses atrás, passando pela rua do Carmo o coronel Benvindo, montado no seu melado campolina (de nome Dois de Ouros), e o filho de Chico Leandro chegando à calçada, o menos que pôde fazer foi cuspir no rastro dele. Frente a frente só se encontravam em hora de luta, e até na igreja tinham os seus bancos separados, um do lado do altar de são José, o outro no da Boa Morte.

Pois agora lá estava o telefone, como uma estrada franca, uma porta aberta entre as duas casas. Com o seu ar sonso, pendurado na parede do corredor, bastava alguém rodar a manivela, dizer à telefonista o número inimigo, o dos Leandro era 15-22, o dos Assunção era 15-21 (pelo seguro, para não haver preferências, o vigário, presidente da Companhia Telefônica, tirou os números na sorte) — e logo, do lado proibido, alguém responderia!

Calcule só! Ali, junto ao retrato mortuário do finado Donato, debaixo do quadro do Coração de Jesus, se poderia escutar a voz de um Leandro. Era uma tentação do inferno.

E nessas coisas meditava o coronel Benvindo, balançando-se na sua rede branca, armada no alpendre do sobrado, que dava para o jardim. Aspirava o cheiro das rosas abertas depois da chuva e olhava de viés para o bicho falante, tão quieto na sua caixa envernizada. Ora, sim, senhor, ter o Chico Vinte ao alcance da voz! (O Chico Vinte assim se chamava por ser o vigésimo filho do finado Carlinho Leandro, havido da sua segunda esposa, que lhe dera quatorze filhos, depois dos seis da desditosa Sinhá.) Chico Vinte, sendo, embora, o caçula, herdara do pai a chefia, por ser o mais disposto, o mais amante da família, o mais dedicado à política, o que se deixara ficar pelas Aroeiras, criando gado e destilando cachaça na sua fazenda da Trapoeiraba. A velha casa da família, na praça da Matriz, com dezoito portas e janelas de frente, oito para a praça e dez no oitão, era o seu pouso na cidade.

Sim, essas coisas pensava o coronel Benvindo, enquanto fazia a sua sesta. Pensava nelas, quando de repente o telefone tocou, como se respondesse àqueles pensamentos. Tocou, repetiu, bem alto e impertinente. O pessoal de casa acorreu todo para ver o que seria, mas ninguém se atreveu a pegar o fone. Falar no telefone era falar em nome da casa, prerrogativa do chefe da família. E assim o coronel, quando achou que a campainha já tocara o suficiente, levantou-se da rede e atendeu. O padre lhe ensinara o que dizer:

— *Alon!* — berrou, pois, o velho, na sua voz fanhosa.

Do outro lado, uma fala irreconhecível, num falsete disfarçado, gritou em resposta ao *alon*:

— É você, Benvindão?

Assombrado com a insolência, o coronel nem soube o que responder. E então o falsete deu um riso e soltou a injúria suprema:

— Benvindão, vim te convidar! Hoje tem missa por alma da Pomba-Rola!

Pomba-Rola era o gordo esqueleto de família da estirpe dos Assunção. Não vê que são descendentes do antigo vigário colado de Sant'Ana das Dores; mas o padre velho, em vez de fazer igual aos outros do seu tempo, e escolher moça de família, como tantos que chegavam a trazer uma prima para casa, vestida de noiva, dando assim origem a uma família que podia não ser legal, mas era respeitável; o padre velho, não, foi arranjar amizade com uma rapariga de ponta de rua, por alcunha a Pomba-Rola, a quem montou casa e deu estado. Verdade que, depois de ama do vigário, mãe de sua prole numerosa, na qual se distinguiram dois doutores e um alferes herói do Paraguai, Pomba-Rola assumiu o seu nome legítimo de dona Doroteia e se tornou matrona de respeito. Ademais, agora, já estava morta há quase um século. Contudo, quando alguém queria insultar um Assunção, era só falar em pomba, em rola, ou nas duas juntas. Também usavam arrulhar de longe, imitando a rolinha fogo-pagô.

Quanto sangue correu na rua, lá nas Aroeiras, por causa dessa ave inocente, saberá são Miguel Arcanjo, que toma nota dessas coisas, e mais ninguém.

E pois o coronel, ao ouvir aquela palavra, soltou o fone da mão como se tivesse um bicho dentro, e o fone ficou balançando no fio, tal uma cobra que acabasse de morder. Mas durou pouco o assombro do velho. Com aquela rapidez de ação que lhe dera a chefia do seu clã, meteu a mão na manivela e se pôs a berrar para a telefonista:

— Quem foi o moleque sem-vergonha que falou agora pra minha casa?

Maria Mimosa, filha da professora, que fizera estágio em Fortaleza aprendendo para telefonista, honrou o ensino que recebera e respondia apenas as fórmulas regulamentares:

— Faz favor? Número, faz favor?

O coronel, cego de raiva, berrou mais alto:

— Maria Mimosa, deixe de se fazer de boba! Sou eu que estou falando! Me diga já quem foi o malcriado que ligou pra cá!

Meio trêmula, mas ainda oficial, a voz da telefonista resistiu:

— Desculpe, coronel, mas o regulamento não permite revelar o nome do assinante que pediu ligação... Temos o segredo profissional...

— Maria Mimosa, se você não contar já esse segredo profissional, eu vou aí e rebento essa joça!

Maria Mimosa gaguejou um pouco e acabou confessando tremulamente:

— A chamada partiu de 15-22...

— Casa de quem, com todos os diabos?

Mais trêmula ainda, já em prantos, prevendo a gravidade da sua revelação, Maria Mimosa confessou:

— É a residência do major Francisco de Assis Leandro...

Devagarinho, com mão firme, o coronel depôs o fone no gancho. O entrevero com Maria Mimosa lhe dera tempo para recuperar a sua famosa calma dos momentos de ação. Majestosamente, desceu até a loja. Mandou espalhar uns recados. Aos poucos foram chegando os seus homens de confiança. Dois cabras que mandara vir há tempos do riacho do Sangue. Zé Vicente, seu caixeiro, Amarílio, cabra roxo-gajeru que tinha fama de perverso e a moda de reclamar contra pau de fogo, que não é arma de macho: com ele, só no aço frio. Depois veio do cercado, no Juremal, o cavalo Dois de Ouros. O coronel montou, acompanhado por dois cavaleiros: o dito Zé Vicente e seu Pedrinho Queiroz, o genro, marido de Juvenília, a filha mais velha, meio feiosa, mas que tocava piano e lia livro em francês. Os demais seguiam a pé, cada um com o seu rifle na bandoleira; até Amarílio carregava o seu, não por gosto, dizia ele, mas pelo "regulamento".

Alcançando a praça da Matriz, parou a expedição para tomar chegada. Já correra, na rua, a nova da saída do grupo encangaçado, e já se apinhavam curiosos em cada esquina. O delegado de polícia trancou os praças na cadeia (era partidário do coronel Benvindo) para "evitar arruaças".

Chegando defronte à porta da casa das dezoito portas e janelas, o coronel sofreou o Dois de Ouros. Sem desmontar, bateu palmas. Ninguém atendeu. Mas escutou-se, no lado do oitão, o fechar brusco de uma janela. O coronel então chegou mais perto, e com o cabo do chicote martelou a porta e gritou:

— Ô de casa!

A medo entreabriu-se uma rótula e apareceu na frincha o olho enviesado de uma cunhã, perguntando quem era.

— Quero falar com o dono da casa!

A cunhã abriu mais um dedo de janela:

— Major Chiquinho foi no sítio, só vem de noite.

— Pois que me apareça outro homem! Não haverá outro homem nessa casa?

Aí a porta da rua se escancarou nos dois batentes e surgiu a magra figura de Francisquinho, também chamado o Vinte-e-Um, porque, além de ser o filho único de Chico Vinte, era viciado em baralho, no jogo do vinte e um. Dizia-se que Francisquinho era tísico. Magrelo, nos seus dezoito anos, a mãe o queria padre, mas o seminário o expulsara depois de umas histórias mal contadas. E, no abrir da porta, também Francisquinho foi gritando:

— Homem tem! Tá falando com ele! Mas homem é que não estou vendo! Só um baiacu velho em cima de um cavalo!

Com o que dizia, queria era distrair a atenção dos atacantes. Pois no que falava, puxou a mão que trazia às costas e na mão vinha uma garrucha com que atirou na direção do coronel quase à queima-roupa. Por fortuna do velho, no momento em que partia o tiro ele levantava a mão com o chicote; a carga de chumbo passou-lhe raspando entre a costela e o braço e foi pegar bem na arca do peito do infeliz Zé Vicente, que caiu de borco por cima do cavalo. Aí Amarílio se adiantou com a faca nua na mão. Embolou com o meninote e rolaram os dois pela calçada. O coronel apeou do melado e se meteu casa adentro, sem olhar para trás nem tirar o chapéu. Subia os três degraus do corredor quando se ouviu um alarido de mulher chorando, depois uma voz severa a comandar:

— Parem com essa prantina!

E dona Joaquininha, mulher de Chico Vinte, apareceu na porta da sala a perguntar, muito calma:

— Que é que o senhor quer na minha casa, coronel Benvindo?

O velho tirou o chapéu:

— Minha senhora, eu só quero punir um criminoso.

Dito isso, passou pela dona, entrou na sala, localizou o telefone e o indicou para os dois cabras que o seguiam na pisada:

— Arranquem esse bicho daí.

E quando os homens puxaram a faca para cortar os fios, o coronel recomendou:

— Não. Arranquem. Quero com tripa e tudo.

Os cabras fizeram força, a caixeta do telefone se largou dos pregos, junto com pedaços de reboco; e as entranhas da coisa falante ficaram indecentemente à mostra.

— Levem pra rua.

Puseram o telefone no chão da praça, no meio do capim-de-burro, todo eriçado de fios, como se fosse uma aranha-caranguejeira. E aí o coronel mandou acender fogo com os paus arrancados à cerca de um terreno baldio. A chama subiu. "Em cima do bicho! Em cima do bicho!", recomendava o coronel. E o telefone ardeu muito tempo, exalando um cheiro ruim de celuloide e borracha queimada. Por fim, só ficaram os pedaços de ferro e louça dos isoladores, entre as cinzas.

O coronel se manteve imóvel e calado, assistindo, enquanto os seus cabras, de armas na mão, guardavam o fogo. Ao acabar tudo, o velho correu os olhos pelo povo que espiava medroso e disse bem alto:

— Foi pra aprender a não soltar má-criação a homem.

Vinte-e-Um não morreu, embora a facada de Amarílio lhe houvesse ofendido os bofes. Morrinhou, morrinhou, acabou escapando, sempre magro e amarelo. Quem morreu foi o pai, Chico Vinte. Veio-lhe uma paixão tão grande, ao saber da desfeita, que lhe deu um ar. Entrevou-se e, com poucos meses, era finado.

E o Leandro defunto, o filho fraco do peito, a guerra entre as duas famílias se amainou. Benvindão ficou chefe absoluto e fez o prefeito e seis oitavos da Câmara, na primeira eleição. Agora, teve uma coisa: nunca mais, em casa de um Leandro ou de um Assunção, na cidade de Aroeiras, se viu um telefone.

Este livro foi composto na tipografia AmeriGarmnd BT,
em corpo 13/16, e impresso em
papel off-white no Sistema Cameron da
Divisão Gráfica da Distribuidora Record.